谷崎潤一郎

谷崎润一郎

梦之浮桥

林青华 译

上海译文出版社

目　录

刈　芦

刈芦不见君，

难居难波浦①。

　　那是某年九月自己仍住在冈本时的事。天气实在是好，我突然
想出去走一走。时值傍晚——其实是三时过一点。走得远为时太
迟，近处又都大体熟悉了，如某处有个两三小时便可返回的散步地
点就恰好。我和其他人都在想，有没有一时想不起来的、被遗漏的
地方，结果注意到曾经想到水无濑宫去看一看，却无恰当时机，因
而拖而未决。这个所谓的水无濑宫，是后鸟羽院的离宫旧迹，在
《增镜》②的"荆棘下"一节中写道："上皇修缮过鸟羽殿、白河殿
等，不时前往。更在名为水无濑之地建造难以形容的好庭园，经常
踏足。在春秋赏樱花、红叶的时节，尽情游玩。从此处还可远眺水
无濑川，极有情致。元久年间③曾有过模仿汉诗的和歌，其中又有
以下这首尤为出名：

　　极目山麓色迷蒙，

水无濑川绕山中，

黄昏美景岂止秋。

茅草屋顶的走廊和渡廊，极尽奢华感。前山引来的流水、瀑布落下处的岩石、长满青苔的枝杈等，这些像极了可以让人联想到千代繁荣的仙人住所'霞之洞'。庭园里的花草布置完工之后，群人齐聚，在举办演奏会时，当时地位并不算高的藤原定家中纳言献上了这样的和歌：

往昔悠悠未可知，

我主今得峰上松。

君之代如园内水，

绕石长流越千载。

后鸟羽上皇动辄前往水无濑宫，尽情欣赏琴笛之音、应节的樱花、红叶，心满意足。"从往昔我第一次读《增镜》时起，这水无濑宫便印在脑子里。"极目山麓色迷蒙，水无濑川绕山中，黄昏美景岂止秋"，上皇的这首和歌是我所喜爱的。明石浦的和歌"渔人钓鱼船，划入雾海里"④，或隐岐岛的和歌"我正是新的守岛人"⑤等，这些咏院之作打动人、留在记忆里的甚多，但我尤其读到那首

---

① 选自壬生忠见和歌集《拾遗集》。
② 日本编年体历史著作，记述约 1183 至 1333 年 15 代 150 余年间的皇室事迹。
③ 1204 年至 1206 年。
④ 句出后鸟羽上皇所作和歌。
⑤ 句出后鸟羽上皇在流放地隐岐所咏和歌。

和歌，眼前便浮现一派水无濑川水上景色，从那生出一种空寂又温馨的令人怀恋之情。在我不了解关西地理的那段时间里，印象中就以为是在京都郊外，亦无意弄清楚，而得知这宫殿接近山城和摄津国边界、在距山崎驿十余丁的淀川边上，至今其旧址上仍有祭祀后鸟羽院的神社，是最近的事情。噢，叩访那水无濑宫，此时出发正好。到山崎为止乘火车前往转眼即达，而由阪急线转新京阪，更是轻而易举。且当日正是十五夜，归途中淀川边赏月也是一件好兴致的事。有想及此，此行自然非女人孩子所宜，于是一人不辞而往。

山崎在山城国乙训郡，水无濑宫原址在摄津国三岛郡。因此从大阪方面去的话，在新京阪的大山崎下车，往回走，在抵达宫殿遗迹之前，要越过国境。对于山崎这地方，我仅因某个机会在省线车站附近逛过一下，由西国海道往西走，这是头一次。往前一些，路便分作两条，往右去的那条路转角处，立着一块陈旧的石头路标，那是由芥川经池田出伊丹的路径。想想那个信长记里的战争报道，荒木村重或池田胜入斋这些战国武将们活跃的，是沿伊丹、芥川、山崎相连的一线地方。古时恐怕那边是干道，穿过淀川岸边前行的水路或方便行船，这芦荻茂盛的湖岔或沼泽地，大概不宜于走陆路。那么说来，听说来时所乘电车的沿线有江口过渡的遗迹，那个江口现在也划入了大大阪①市之内，而山崎也自去年京都扩张以来，被编入大都会的一部分，然而似乎京都和大阪之间，其气候风土的关系不像阪神之间那样，不能想象一下子就进化为田园都市或文化住宅区，所以短时间内，杂草丛生的景观是不会消失的吧。连

---

① 大正后期至昭和初期，大阪市因规模扩张，一度被称作"大大阪"。

《忠臣藏》里也说这一带有野猪、拦路劫匪出没，古时就更甚了。时至今日，在道两旁仍排列着茅草葺顶的房子，在我这看惯了阪急沿线西式城镇、村落的人眼里，显得尤其古旧。"因被遭不实之罪，深感痛苦，不久在山崎出家"，在《大镜》①中，北野的天神②在流放途中，在此处皈依佛门，咏有一首和歌"你住的旅舍，树梢摇曳"。这一带就是如此历史悠久的驿路。可能在平安设定都域之同时就设了这个驿站。我一边想着这些事，一边依次将昏暗的屋檐下似乎飘荡着旧幕府时代空气的房子一家一家看下去。

过了皇宫后面那条桥——下面当是水无濑川，然后在稍往前的街道左转。以承久之乱③走了霉运的后鸟羽、土御门、顺德三帝为祭神，现在那里建了一间官币中社④，神社的建筑和风景，在这个神社、佛阁众多之地，不算特别出色。但如前述，脑子里先有了《增镜》中的故事，一想到这里就是镰仓初期、大官们举行四季游宴的遗址，不由觉得一木一石都含情了。我在路旁坐下来，抽过一支烟后，在不算宽阔的神社里漫无目的地徘徊。此地虽仅距海道咫尺之遥，却处于篱笆上开着种种秋天花朵的、散落的民居背后，是一个闲静、不惹眼的、小巧整洁的袋状地形。不过，后鸟羽院的宫殿并不只是如此狭小的面积，该是一直伸到很前面的一段流到这里来的水无濑川的岸边吧。然后，在水边的楼上，或者在闲庭漫步之

---

① 日本史书，有三卷、六卷、八卷本，著者未详，记述文德天皇至后一条天皇年间的事。
② 菅原道真的神号。
③ 承久三年（1221），后鸟羽上皇企图讨灭镰仓幕府，事败导致公家势力衰微、武家势力强盛。
④ 由神祇宫供奉钱帛的神社，明治后改为宫内省供给，此类神社分大、中、小。

时，纵目河面，遂有"山麓色迷蒙，水无濑川绕山中"之慨。"夏日则至水无濑宫之钓殿，饮凉水，请年轻贵族们吃冷水泡饭。上皇曰：'昔日紫式部可谓极矣。《源氏物语》云，于食客前即烹得自近处西川河之鲜鱼。今已不可得。'高栏边候命之秦某闻言，即于池边微波涌处淘白米献上，禀曰：'本拟拾鱼，惜已逃脱。'上皇叹曰：'此言不差。'乃脱衣赐之。饮酒数杯。"照这样看，那个钓殿的水池，可以设想不久之后可能与河流连通了。而且，此地南面，神社后可能仅隔几条巷子的地方，便有淀川流经。那条河流现在虽然看不见，对岸男山八幡的茂密山峰并不构成夹河之势，像逼近眉睫的样子。我举目眺望泉水叮咚的山荫处，仰视与之相对的、神社北面矗立的天王山峰顶。走在海道上时没有察觉，到此放眼四面八方，方知此刻我站立之处，是被南北高山如屏风般规限了天空的峡谷锅底状的地点。见过这里的山河形势，自然领悟王朝的某个阶段在山崎设关隘，预防西犯京城，此地实乃要害。东面的以京都为中心的山城平原，和西面的以大阪为中心的摄河泉平原，至此处时蜷缩得非常狭窄，当中有一条大河流过。因此，尽管京都和大阪由淀川连接起来，但风土气候以此为界迥异。听大阪人说，即使京都正在下雨，山崎往西可为晴天。冬天乘火车一过山崎，气温骤降。说来的确感到竹丛中的村落、农居的建造方式、树木的外观、泥土的颜色等，与嵯峨一带的郊外相仿，到此为止都是京都乡间的延续。

出了神社，我沿海道内侧小径重返水无濑川河边，上了河堤。上游方向的水光山色，在七百年间应已有几分改变了，然而尽管如此，拜读王公贵族们的和歌时在内心悄然描绘的景致，竟与眼前所见似曾相识。很早以来我便想象，大概应是这样景色的地方吧。那并非有巍峨峭壁，或者激流拍岸的堪称绝景的山水。该是和缓的山丘、平静的流水，以及使之更加柔和、模糊的夕霭——也就是说，那是像大和绘的温雅平和的景致。一般说来，对自然风物的感觉是因人而异的，对这种地方不屑一顾的人也会有吧。然而我对这并不雄大也不奇拔的凡山俗水，反倒更易浮想联翩，很想就那么一直站下去。这样的景致虽不惊心动魄，却展露其平易的微笑迎接旅人。匆匆望一眼毫无感觉，但站久了，被慈母温暖的胸怀拥抱般的柔情便缠住了你。尤其是河畔的薄霭，仿佛是令人感到孤寂的黄昏从远处向你招手，令你希望被它吸入其中。"黄昏美景岂止秋"，诚如后鸟羽院所咏，这个黄昏若在春日，那稳重大方的山麓便缭绕着变幻不定的云霞。河流的两岸，山上和峡谷里，处处樱花绽放，又增添多少温馨！可想而知，宫中人所眺望的，就是这样的景色。然而，真正优美之处，若非道行高深的城里人，是理解不了的。所以，平凡中兼有深意的此处景致，若非从前宫中人物的雅怀，视之索然无味或许是很自然的事。我在夜色渐浓的河堤上驻足良久，目光移向河流的下游。我看着右岸，心想，上皇和贵族、高官们一起吃凉水泡饭的钓殿在哪里呢？右岸一带是郁郁葱葱的树林，一直延伸到神社背后，所以不妨认为，这片面积广阔的林子明显就是离宫的遗址。不仅如此，从这里还可以看见淀川主流，水无濑川的终端与之汇合了。我一下便领悟了离宫所处的形胜位置。上皇的宫殿一定是南傍淀川、东临水无濑川，踞于此二河相交之一角，拥数万坪之阔大庭园。若果真如此，由伏见乘船而下，竟可径直系舟钓殿的勾栏之下了。与京都的来往也方便了。所以，与《增镜》文中"动辄前往水无濑宫"相合。这不禁令我想起在自己的幼年时代，桥场、今户、小松岛、言问等在隅田川西岸临水修建的尤见风雅的富豪别墅。打个诚惶诚恐的比喻，在此处宫殿不时举办的风流宴会中，该有这么个情节：几分类似江户老于世故者的上皇或说着"昔日紫式部可谓极矣，那种菜式如今已不可得"，或接受身边的人恭维"本拟拾鱼，惜已逃脱"。而且这里与缺乏情趣的隅田川不同，清晨傍晚，男山的翠峦投影水中之时，舟船上下往来的大河风情，是多么令上皇赏心悦目，平添室内趣味呵。后来讨伐幕府计划失败，在隐岐岛度过了十九年。他在海岛的狂风惊涛之中，怀想往日的荣华，最频繁地出现在他胸中的，当是这一带的山容水色，和在此宫殿度过的一个个热闹的宴游日子吧。追怀及此，我凭空地虚构起当日的种种情景来，管弦余韵，流水潺潺，甚至贵族公卿的欢声笑语也回响在耳边。我留意到黄昏已在不知不觉中逼近，取出表来看，已是六时。日间行走时热得出汗，一到日落时分，果然是秋日黄昏，风寒侵身。我突然感到肚子饿了，觉得有必要在等待月出之时，先找个地方解决晚饭，不久便由堤上走回镇上。

早知这市面上不会有心满意足的饭馆，所以只求临时解决、暖暖身体即可。我找到一家面馆，喝了约二合酒，吞下两碗狐面①，出门时手持一瓶烫热的正宗酒，沿店主指示的到渡口的道路，走下河滩去。店主听我说想乘船下河去赏月，便告诉我：既如此，市镇边上有过对岸桥头的渡船。提起这渡船，因河面宽，河中有沙洲，是先从这边岸到那沙洲上，再从那沙洲转搭其他渡船到对岸去。这

---

① 油炸豆腐加葱丝的清汤面。

9

中间便是欣赏河中月色了。桥头有烟花巷，渡船正好在有烟花巷的岸边停靠，所以迟至晚上十时、十一时仍有船只往来，如有兴致可往返多次，细细观赏——店主的好意补充说明令我不时感到愉快，我步行过去，一路上让凉飕飕的夜风吹拂着微醺的脸颊。到渡口的路程令人觉得比听说的要远，但到了一看，河对面果然有沙洲。沙洲在下游的那端虽能看见头，但上游那端则在朦胧之中望不到尽头。说不定，这沙洲不是大江中独立的岛屿，而是桂川在此汇入淀川主流的前锋呢？总之，木津、宇治、加茂、桂诸河在这一带合而为一，山城、近江、河内、伊贺、丹波五国之水汇集于此。在从前的淀川两岸一览的画页上，记述了从这里稍往上游处有一个叫做"狐渡"的渡口，渡口宽达百十间①，所以可能这里比那边江面更宽阔。而现在所说的沙洲，不是位于河的正中间，而是更多地靠近自己这边岸。坐在河滩的沙砾上等待，但见遥远的对岸，有船只从灯火闪烁的桥本町划向那个沙洲，然后客人下船横过沙洲，步行到这边泊着船的水边来。想来我已许久没有搭渡船了。与印象中儿时的山谷、竹屋、二子、知渡口相比较，这里夹着个沙洲，感觉悠闲安静多了，我对于京都与大阪之间现今仍留下如此古风的交通工具感到意外，真可谓意外的收获。

前面所举描绘淀川两岸的画本上出现的桥本町图上有明月高悬男山后的天空，并景树②的和歌"明月朗照男山峰，淀川无见扁舟子"，以及其角③的俳谐"新月呵，何年初照古男山"。我搭乘的船

---

① 长度单位，一间为六尺（1.818米），现废。
② 即香川景树。香川景树（1768—1843），日本江户后期的歌人。
③ 即宝井其角。宝井其角（1661—1707），日本江户前期的俳谐师。

泊靠沙洲时，男山正如那幅画一般，一轮圆月置于背后，郁郁苍苍的树林蕴含着天鹅绒般的光泽，天空中仍残留着一些晚霞之色，四周夜色沉沉。"喂，过来乘船吧！"沙洲另一边的船夫招呼道。"不急，过一会儿总要乘你的船。我想在这里走一走，吹一吹江风。"我回了一句话。便踏入露水沾湿的杂草丛中，独自向沙洲尖头那边走去，在生长着芦苇的水边蹲下来。这里尤如泛舟中流，可以尽情饱览月下环列两岸的景色。月亮在我的左面，我面向下游，河流不知何时起被温润的蓝光所笼罩，显得比刚才傍晚的光线下所见更宽阔。洞庭湖的杜诗、《琵琶行》的诗句和《赤壁赋》的一节等，久未忆及的、悦耳的汉诗汉文，自然而然地带着朗朗清音脱口而出。这么说来，如景树所咏"淀川尤见扁舟子"，从前在这样的晚上，以三十石船为首，许许多多的船上上下下于此，但现在除了那只偶尔运送五六人的渡船之外，绝少看见舟船的影子。我将手里的正宗酒瓶往嘴里塞，作吹喇叭状饮，凭着酒兴高声吟诵"浔阳江头夜送客，枫叶荻花秋瑟瑟"。吟诵之际忽尔想到的，是这片繁茂的芦荻有过多少与白乐天的《琵琶行》相仿佛的情景！若江口或神崎位于接近这条河下游之处，想必驾一叶轻舟，徘徊在这一带的游女也不少吧。王朝之时，大江匡衡①曾作《见游女序》，在叹息标志这条河流的繁华的淫风之中，说"河阳介于山、河、摄三州之间，为天下要津，东西南北之往返者莫不经由此路。其俗为向天下夸耀女色。老少相携，邑里相望，门前系舟，驻客河中。年少者涂脂抹粉

---

① 大江匡衡（952—1012），日本平安中期的汉学家、歌人，一条天皇的侍读、侍从，著有《江吏部集》。

荡人心魄，年老者以撑篙掌伞为己任。呜呼，翠帐红闺，万事异于礼法，舟中浪上，一生欢会如此。余每经此路见之，未曾不为此长久叹息也"。又，匡衡后数世孙大江匡房①亦著有《游女记》，叙述此沿岸妖艳、热闹之风俗，说"江河南北、邑邑处处，沿支流赴河内之国，所谓江口，盖典药寮味原树、扫部寮大庭之农庄，若到摄津国，有神崎蟹坞等地，比门连户、人家不绝，倡女成群，皆棹扁舟。船上可荐枕席，声遏溪云，歌飘河面。经回之人莫不忘返，钓翁商客触舻相连，难见水面。亦可谓天下第一乐地"。此刻我探寻着模糊的记忆底部，零零碎碎地回想起这些文章的片断，一边凝视着皎洁的月色下，悄无声息地流逝的寂寂水面。于人而言，任谁都会有怀古之情吧。年近五十，悲秋之情便以年轻时不可想象的魔力逼近来，连看见甘葛藤的叶子随风摇曳，亦感触在心，拂之不去，更何况是在这样一个晚上、蹲在这样一处地方，令人惋惜人类的苦心经营竟消失得无影无踪，这无常勾起了我憧憬那个已经消逝的繁华盛世的心情。在《游女记》中，记得有观音、如意、香炉、孔雀等名气很大的妓女，此外留下了姓名的还有小观音、药师、熊野、鸣渡等，这些水上的女子都到哪里去了呢？这些女子的艺名取得颇富佛教意味，是因为她们相信卖淫是一种菩萨行，将自己比作活的普贤。有时候，连高贵的僧人也拜倒在这些女子脚下，她们的身姿就不可以像这河流上凝结的泡沫般浮现吗？"江口、桂本等妓女以南来北往的船只为家，心思全在旅客身上，若在动荡的生涯中遭遇

---

① 大江匡房（1041—1111），日本平安后期的汉学家、歌人，大江匡衡曾孙，仕后冷泉、后之条、堀河之朝，官至正二位权中纳言，著有《江家次第》等。

不测，来世又将如何？来世也因前世为妓而遭报应吗？以朝露般无常之身，要度过短暂一生而犯下我佛所戒卖淫之罪，自身之罪未知如何，诱惑他人之罪岂非更重？那些妓女们已达至往生，置身杀生的渔夫中间，实在难过。"如西行①所说，那些女子现转生于弥陀国，怜悯地笑对永恒不变的人间悲剧么？

我沉吟间归纳出一二拙作，心想不要忘掉了，便从怀中掏出本子，凭借着月辉挥动铅笔。我对所剩无多的酒仍恋恋不舍，便喝一口酒写一会儿，再喝一口又写，喝干最后一滴，随即将酒瓶甩向河面。此时，附近的苇叶发出哗啦哗啦的声响，我朝响声转过头去，在那边，也是在芦苇丛中，蹲着一名男子，恍如我的影子投在那里。我因为受惊，一时之间有点冒失地死瞪着他。那名男子并无畏缩之意，"月色真好啊！"他语气平和地开了腔，"算是雅兴吧，其实我早先也在这里，因为不想打扰您欣赏这个清静境界，就没有和您打招呼。刚才有幸听您吟出《琵琶行》的句子，自己也想来它一段，可能妨碍您了，能允许我叨扰您片刻清静吗？"一个素不相识的人如此自来熟地搭话，在东京是绝少的，但近来可能习惯了关西人的不拘礼，我不知不觉中也入乡随俗了，便客套地答道："您太客气了，请务必吟诵来听听。"那男子突然站起来，哗啦哗啦地拨开芦苇叶子，来到我身旁坐下。"实在冒昧，来一点如何？"他将绑在木头拐杖上的一个小包解开，取出了什么东西。仔细一看，他左手持葫芦，右手端一个小小的漆器杯子，伸到我跟前来。"刚才您扔掉酒瓶，我这里还有一点儿。"他一边说，一边向我摇晃一下葫芦。

①　西行（1118—1190），日本平安末期至镰仓初期的歌人。

"来，要您听我拙劣的吟诵，作为补偿请接受它吧。酒劲一过的话，兴头也过了。这里河上风寒，一定得喝。请不必有丝毫顾忌。"他不由分说地把杯子塞给我，葫芦发出"咕嘟、咕嘟"动听的声音，为我斟上酒。"多谢您的盛情，那我就不客气了。"我将杯中酒一饮而尽。虽然不知这是什么酒，但在喝过瓶装的正宗酒之后，带着适度木香的冷酒味突然让口中清爽起来。"来，再喝一杯。""再喝一杯。"他一连递上三杯。我接过第三杯酒正喝时，他从容不迫地唱起了《小督》①。可能因为醉意过了一点，听来似乎底气不足。那唱法算不上美声，音量也嫌不足，但声音老练而有沧桑感。总之，看他不慌不忙、有板有眼的唱法，应当是唱过不少年头的吧。但这还在其次，在一个素未谋面的人面前，轻易便拿捏起腔调唱开了，马上将自己投入到所唱曲中的世界，不为任何杂念干扰，这种潇洒的心境，使我倾听之时便自然地受到感染，心想即使其技巧不属上乘，若能养成这样的心境，学艺一场也不算白费了。"啊，太好了。您给了我很好的享受。"我说这话时，他正急促地喘着气，先润了润干涸的咽喉，然后又递酒杯给我："请吧，再来一杯!"因他戴的鸭舌帽扣得低，帽檐在脸上形成阴影，在月色下难以认清面容，不过估计他的年龄和我差不多。瘦小的身体穿着和服便装，外加出门穿的大衣。"冒昧请问：您从大阪来?"因为他的言谈之间带有京都以西的口音，我便这样问。他答称正是，自己在大阪南边有一间小店，经营古玩。我问他是散步顺道来的么，他从腰间抽出装烟丝的

---

① 小督为高仓天皇爱姬，为权臣平清盛所忌，后为尼，时年二十三岁。事见《平家物语》。

筒，一边往烟管里装一边说："不不，我为了看今夜的月色，从傍晚时出来的。往年乘京阪电车来，今年绕了路，乘新京阪，有幸经过了这个渡口。""看您这么说，每年都肯定要在某处赏月？""正是。"他说着，给烟管点火时停顿了一下。"我每年都到巨椋池赏月，今夜不意经过此地，得以观赏河上之月，实在美妙不过。说来是因为见您在此休息，发觉这果然是个绝好地方。真是多亏了您。左右流淌着大淀之水，从芦苇间远眺明月，真是不同凡响啊。"他将烟灰弄到坠子上，一边让火转移到新装的烟丝上，一边说："您若得了佳句，是否可以聆教？"我慌忙把本子塞回怀里，说道："哪里哪里，实在惭愧得很，绝对不是可以示人的东西。""您别那样说。"他也不再勉强，好像已经忘掉这件事了，以悠悠的调子吟哦起来："江月照松风吹，永夜清宵何所为。"我说："刚才我问过您是这大阪人，那么对这一带的地理历史很了解吧。我想问一下，此刻我们所在的这个沙洲一带，是从前江口君等妓女们泛舟之处吗？面对月色，我眼前浮现的，竟是那些女子的幻影。刚才我打算把追逐那些幻觉的心境写成和歌，正苦无佳句。""看来所思略同呀，"那男子不胜感慨地说道，"现在我也在思考大致相同的事，此外，我看到这轮明月，便勾勒起已逝去的世上的幻觉。"他的神情颇为痛切。"以我看来，您似乎也到了通晓世故的年龄，"我悄悄打量着那人的面孔说道，"恐怕彼此都因为这年龄的缘故吧。我么，今年比去年、去年比前年，一年复一年，对于秋天的寂寞、乏味，也就是说，不知来自何方的、无缘无故的季节伤感，变得更加强烈了。真正吟味'风声惊我心''帘动秋风吹'这些古诗，是到了我们这个年龄之后。那么说，既然伤感就讨厌秋天则也未必。年轻时一年

15

之中最爱春天，但现在较之春天，我更期待的是秋天。人随着年岁增长，渐渐产生一种断念——欣赏按自然法则消亡的心境。希望获得安静、均衡的生活。所以，与其欣赏热闹的景色，毋宁接触寂寞的风物更感慰藉。不是贪图现实的寻欢作乐，而是埋首于往日寻欢作乐的回忆，恐怕更相宜吧。也就是说，怀恋昔日的心思，于年轻人而言，只是与现在没有任何联系的空想而已，但对老人来说，除此之外再无在现实中生存下去的道路。""的确如此，的确如此。"那男子不住地点头，"一般人年岁增加时理所当然都会那样子的，尤其我有这样的记忆：年幼时，每到十五之夜，都由父亲领着在月下赶两三里路。所以现在每到十五之夜，便回想起当年的事情。说来父亲也说了您刚才那些话。'你可能不懂这秋夜的伤感吧，但你能够领会的那一天终会到来的。'他总是那么说。""那是为什么呢？令尊如此喜爱十五夜的月亮，以至要领着您赶两三里路？""噢。头一次被带着赶路是七八岁的时候，那时我什么也不懂。我父亲住在深巷里的小屋，母亲在两三年前去世，我们父子俩相依度日，所以不能撇下我外出。父亲说：'小子，带你去赏月。'便在天色还亮时出了门。那时候还没有电车，记得是从八轩屋搭蒸汽船，在这条河上逆流而上。然后在伏见下船。开始时也不知道那里就是伏见町。因父亲在河堤上不停地走，我就默默地跟着他，来到一个有宽阔湖面的地方。现在想来，那时走的河堤就是巨椋堤了。湖就是巨椋池。那条路单程就有一里半到二里吧。""那么，"我插话道，"为什么要去那地方？观赏湖中映月，漫无目的地闲逛吗？""正是如此。父亲时而站在堤上，定定地盯着湖面，说：'小子，景色很好吧？'我这小孩子的心里面也觉的确是好景致。我一边赞许一边跟着父

16

亲走时，经过一个大户人家的别墅似的宅邸，从很里面的林子里透出演奏琴、三味线、胡琴的声音。父亲在门口处停下，专心倾听了一会儿，好像想起了什么似的，绕着那大宅的围墙转来转去。我跟了过去，渐渐可以清楚地听出琴声、三味线声，还有隐隐约约的人声，可知正在接近大宅的后院。而到了这一带，围墙就变成了篱笆。父亲从篱笆稍疏的空隙处往里面窥探，不知何故就一动不动地离不开了。等我也把脸贴在绿篱的叶子间张望，但见有草坪、假山的庭园里池水盈盈，一个从前的水宫似的高台伸入水池中，台上围栏，设座席，五六名男女正在饮宴。栏杆边上坠以重物固定台子。灯红酒绿，芒草瑟瑟，似是赏月的宴会。奏琴的是上座的女子，三味线则由侍女打扮、梳岛田发式的女佣弹奏。然后有一男子似是检校或艺师，正在奏胡琴。我们窥见的，仅能辨别那些人的举止而已。我们的正面恰好竖着一个金色的屏风，还是那个梳岛田发式的年轻女子站在屏风前，摆动着舞扇起舞，虽然看不见面孔，但动作姿态倒能看清。不知是那时还没有电灯，抑或为了增添情调的特意安排——座席中点着蜡烛，火焰一直闪闪烁烁，将雕花柱子和栏杆映在金色屏风上。水面上映着清朗的月，水边系一只轻舟，那池水可能引自巨椋池，由此或可驾舟直出巨椋池那一边。不大工夫舞蹈结束，女佣端着酒壶来来去去。在我们眼里，女佣们恭恭敬敬的举动显示那弹奏的女子似是主人，其他人像在陪伴她。这是距今四十余年前的事，那时候，在京都或大阪的世家里，让内宅女佣作大官内侍打扮，讲究那种排场。好事的主人更让女佣们习艺。这家子看来就是那样的别墅，所以那弹琴的女子应是这家人的宝眷吧。然而，那人坐在席间的最里面，不巧正好被芒草、胡枝子的阴影遮挡了脸面，从我们这里看不见那人的模样。父亲似乎很想再看清楚一点，一边沿着篱笆来回走动，变换多个位置，但都被插花所妨碍。不过，从发式、化妆的浓淡、和服的色调来看，不像是多大年纪的人，尤其她的声音感觉是年轻的。因为隔得远，听不见说的是什么，但是，只觉得那人的声音特别清脆，大阪方言的语尾在庭园里回响，是一种雍容华贵、富于情调、叮当作响的声音。而且看来已有几分醉意，间中呵呵笑着，听来豪放之中是颇有格调的天真无邪。我试探着问：'爸爸，那些人是在赏月玩吧？''噢，看来是的。'父亲应着，依然把脸贴着篱笆。'可这里是谁的家呢？爸爸您知道吗？'我再次发问。这回父亲只'嗯'了一声，心思全被那边吸引过去，热衷地窥探着。现在想来，当时的确逗留了相当长时间。我们这样窥看期间，女佣起来剪了二次蜡烛芯，之后又有过一回舞蹈，那女主人独自弹唱，曼声长歌。之后不久宴会结束，我们一直看到那些人撤去座席。归途中，我们无精打采又走在那条堤上。如此说来，仿佛我把年幼时的事也记得极为仔细，其实如先前所说，并不仅仅发生在那一年，下一年以及再下一年的十五之夜，我必定又得走在那条堤上，在那池畔的邸宅门前停下来，听演奏琴、三味线的声音传过来。于是父亲和我绕着围墙走，从绿篱那边窥视庭园。座席的形式每年大体不变，总由那女主人似的人招集艺人和女佣一边举办赏月的晚宴，一边自娱。最初那年赏见到的情形，比往后多年所见的情形复杂些，但每一年大概都是刚才所说的样子。""原来如此，"我已被那男子牵入其叙述的追忆的世界里，便问道："那么，究竟那邸宅是怎么回事？令尊每年都到那里去，是有什么原因吧？""原因么？"那男子迟疑一下之后说道："说出来也是不妨的，把素不相识的您留住不放，给您添麻烦了吧？不过说到这里不往下说的话，毕竟有些遗憾。谢谢您这么不见外，那么就请往下听吧。"他说着，取出刚才的葫芦，"说到遗憾么，这里也是一点。开讲之前先把它解决了吧。"他将一杯酒塞到我手里，于是"咕嘟、咕嘟"的声音又响了起来。

把葫芦里的酒喝光之后，那男子又接着说。"父亲把那些事告诉我，是在每年的十五夜，一边在那堤上走，一边说：'把这些事告诉个孩子，大概是不能懂的，但你也快长大成人了，所以好好把我的话记住。到那时，试回想一下，我并不是把你当小孩，而是像对大人那么说的。'父亲说这些话时一脸正经，就像面对同辈朋友那样。这时候，父亲将那所别墅的女主人称为'那位女士'或'游小姐'。'游小姐的事你不要忘记，我这样每年带你来，是希望你记牢那位女士的模样。'父亲声音哽咽地说道。我虽然还不能充分领会父亲的话，但一来孩子的好奇心强，二来为父亲的热诚所动，非常非常想听，不知不觉中感染了那种情绪，朦朦胧胧地感觉自己听懂了。那位叫阿游的人，原是大阪小曾部家的女儿，据说被粥川家慕其姿色娶了过去，是在她十七岁那年。可是四五年之后，丈夫便死了，她年仅二十二三便成年轻寡妇。若以今日的时势，当然没有必要从那年纪便一直守寡，社会上也会毫无反响、置之不理的。但那时候是明治初年，旧幕时代的习惯仍然流行，娘家方面也好、夫家方面的粥川家也好，家里都有爱理事的老人家，尤其是她和那死去的丈夫之间生有一子，看来是极难被容许再婚的。加上阿游是被当宝贝似的娶过去的，被家婆、丈夫百般宠爱，比在娘家时更舒心自在。阿游成寡妇之后，据说仍不时带着大帮女佣出外游山逛景，可以自作主张地奢侈。所以从旁看来，她过的实在是快活日子。她本人总是处于热热闹闹的生活之中，也就不怎么觉得有何不满了吧。我父亲初遇阿游时，她就是这种身份的寡妇。那时父亲二十八岁，是还没有生我之前的独身时代，而阿游是二十三岁。时值初夏，父亲和妹妹夫妇，即我的姑姑、姑丈一起去道顿堀①看戏。阿游正好来到父亲的正背后的楼座。阿游和一个年约十六七的姑娘同来，外面还有陪着来的一个乳母或管家之类的老女人，和一个年轻的女佣。这三个人轮流在阿游身后给她摇扇子。父亲见姑姑和阿游点头打招呼，便问那人是谁，得知是粥川家的寡妇，同来的是她的亲妹子、小曾部的女儿。'我从那天头一次见到她，就认为那是理想中的人。'父亲常常这样说。那时候男女都早婚，父亲本是老大，却到了二十八岁仍然独身，因为他实在太挑剔了，未达其要求的说亲一概拒绝。据说父亲也冶游狎妓的，相好的女子并非没有，但他不喜欢这样的女人做妻子。之所以这样说，是因为父亲钟情的是大家闺秀型的，较之风流的女子，他更喜欢具大家风范者，就是那种在家穿戴齐整，坐在垂帘后安静地阅读《源氏物语》的人，所以艺妓自然不适合。那么，究竟父亲从何处形成这种与他的商人身份并不相称的趣味的呢？在大阪，船场一带的人家里面，用人们的礼仪很是烦琐，讲究各种排场，比那些势力小的大名更加显摆贵族派头，所以大概因为父亲也是在那样的家庭里成长的缘故吧。总之，父亲看见阿游时，就觉得这正是平日自己认准的那种情调的人。不知道为什么会有那样的感觉，据说阿游就在他背后就座，所以，可

---

① 繁华街区，在大阪市中央区，沿道顿堀河南岸。

能是她对女佣说话的口吻、其他的态度和言行举止甚具大家宝眷的风范吧。看阿游的照片，脸颊丰满，面盘圆圆有点儿娃娃脸。据父亲说，仅就五官而言，像阿游般漂亮的人并不少，但阿游的脸上有某种朦胧飘忽的东西，整个面孔，无论眼、鼻、口，像是蒙了一层薄膜，变得模糊不清，没有强烈、清晰的线条。若仔细端详的话，连自己的视线似乎也变得模糊不清了，令人感到独独那人周身是云霞缭绕似的。从前书上所谓的'温雅'，也就是指这种容貌了。阿游的价值就在于此。原来如此，按这么想的话，看上去也觉得是那么回事。大体娃娃脸的人，若没有家室拖累，是不易显老的，姑姑总说，阿游从十六七岁时起，到四十六七岁止，轮廓一点没有变化，什么时候见她都是一副柔弱的、未经世故的面孔。所以，父亲对阿游的朦胧美，即他所谓的'温雅'，便一见钟情了。把父亲的趣味放在脑子里，再去看阿游的照片，便明白那果然是父亲所好。一言以蔽之，就像欣赏泉藏偶人[①]的脸时浮现出的既明朗又有古典味的感觉，令人联想到深宫里的妻室或女官。阿游脸上若有若无地显示出那种仪态。我的姑姑——刚才提及的父亲的妹妹，因为是这位阿游儿时的玩伴，做姑娘时两人又找了同一位琴师习艺，所以知道诸如她的成长经历、家庭、出嫁时的情形等等，当时便对父亲说了。阿游有许多兄弟姐妹，除了带来看戏的妹妹之外，还有姐姐和妹妹，但当中以阿游最得父母宠爱，对她另眼相看——无论怎样使性子，只要是阿游，都不成问题。这可能是因为阿游是兄弟姐妹中长得好的，但其他兄弟却也认可唯有阿游是与众不同的，谁都视之

---

① 日本江户中期京都公卿间流行的偶人，亦称御所偶人。

为理所当然似的。若借姑姑的话来说，就是'阿游是得天独厚的'，既非她自己希望得到那样的待遇，也不是为人霸道、要压倒他人，但周围的人反而怜恤爱护她，独独不让她有一点儿操劳，像对待公主般小心照料，宁愿自己去承当，也不肯让她经受浮世的风浪。阿游天生那种气质秉性，让父母、兄弟姐妹、朋友、接近她的人都那么待她。姑姑做姑娘时到阿游处玩，那时阿游就是小曾部家的掌上明珠，身边的任何琐事都从不沾手，由其他姐妹像女佣般照顾着，还没有丝毫不自然之处。众星捧月之中的阿游非常天真烂漫。父亲听了姑姑这番话，更加爱上了阿游，但之后的日子里却苦无好机会。终有一日，姑姑来报阿游要预演弹琴的消息，邀父亲道，想见阿游便一起去。预演那天，阿游梳了个大垂发，着裲裆，焚香弹奏了《熊野》。时至今日，在获得琴师传授技艺的许可之后仍有特别搞个仪式的惯例，为此要花一大笔钱，师傅要那些家里有钱的徒弟搞。阿游为了消磨时间而习琴，师傅提议她搞个仪式。前面说过阿游的嗓子好，我也亲耳听闻过。想到父亲知其人再闻其声，此时便更加深入了解她了。父亲头一次听阿游的琴歌，非常感动。加上意外见到着贵族家中礼服的阿游，由来已久的梦境竟由虚幻成为真实，父亲一定惊喜交集，几乎不敢相信自己的眼睛。据说姑姑在琴歌表演结束后到乐室去见她，她仍穿着那裲裆，说琴弹得如何姑且另当别论，无论如何也得这么打扮一回的。她不情愿脱下那套裲裆，说马上去照张相吧。父亲听了这话，知道阿游的趣味碰巧与自己一致。因此，父亲认为适合做自己妻子的非阿游莫属。他觉得长久以来自己在内心里描绘、一直等待着的人就是阿游，便悄悄将自己的心愿透露给姑姑了。因为姑姑很了解对方的情况，虽然同情父亲的心思，但认为那始终是不可能的事。以姑姑所说，既无孩子，事情并非绝对不可谈，但阿游有个非带不可的稚子。这孩子是事关重大的继嗣之子，没有可能留下孩子离开粥川家的。不仅如此，她既有婆婆，娘家这边母亲虽已亡故，但父亲仍健在，这些老人们之所以让阿游这样任性，是出于怜悯之心，可怜她年轻守寡的境遇，尽量让她忘掉孤寂，也就包含以一辈子守下去为代价的意思。阿游也很清楚这一点，即使尽享荣华，却从未惹过品行不端的传言，她本人也肯定没有再结婚的念头。即使如此，父亲仍不死心，说是那就不要说想要娶她，由姑姑介绍，不时见上一面好了，就算见见面也满足了。姑姑见我父亲求到这个份上，再不答应也不好办，不过和阿游熟络已是彼此做姑娘时，到那个时候彼此已疏远了，要完成任务还颇不易。姑姑左思右想，终于出了个主意：那么干脆娶了阿游的妹妹如何？反正你也不会娶其他人的了，就拿她妹妹顶替她吧。阿游是没有指望了，若她妹妹也行，倒是好说。姑姑说的那个妹妹，就是阿游带去看戏的、叫'阿静'的姑娘。阿游底下最大的妹妹已嫁往别处，阿静正是合适的年龄。父亲因在看戏时见过阿静，记得她的样子，对姑姑的提议考虑良久。说来阿静也并非长得不好，虽和阿游面型不同，因为终究是姐妹，所以有某些地方可令人想到阿游。然而最不能满足的是阿静没有阿游面上的那种'温雅'之感。和阿游比较，档次显然低了许多，光对着阿静时并没有那种感觉，但若和阿游放在一起，等于是公主侍女之别。而且，若阿静不是阿游的妹妹，可能也不至于有问题，但既为阿游之妹，体内流着和阿游一样的血，父亲便连阿静也爱上了。不过，走到这一步——以阿静顶替，并不容易。因为以这种心思去结婚，首先也对不起阿静，另外，父亲又意图永远保持对于阿游纯粹的憧憬，一辈子悄悄将阿游当作心中的妻子，即便娶的是她的妹妹，也觉得不能释然。不过转思若娶了她妹妹，今后不时可和阿游见面，还可以交谈，否则今后一辈子除了偶然的邂逅，绝少能再见她了。有虑及此，他顿觉索然。父亲陷于迷惘之中，一直到和阿静见面相亲为止。说真的，直至那时为止，他还没有下决心娶阿静，其实是希望借相亲之机多见阿游一次。父亲图的这一点居然成功了，相亲、谈婚论嫁，每回阿游都来。小曾部家既没了母亲，阿游又是个闲人，阿静一个月中有一半时间住在粥川那边，几乎弄不清是谁家女儿了，这样，阿游出场自然就多了。对父亲而言，这是求之不得的幸福时刻。因为父亲原本目的就在于此，便尽量拉长话题，仅相亲便见了两三次，磨蹭了半年之久，阿游为此也就不时上姑姑那里去。其间也和父亲交谈过，渐渐认识了父亲这个人。于是，有一天，阿游面对面问父亲：'你不喜欢阿静吗？'见父亲说没有不喜欢阿静，阿游就说：'那请你娶了她吧。'阿游极力促成妹妹的这头婚事，据说她对姑姑更明白地说，自己在姐妹之中，和那姑娘最要好，很希望那姑娘能嫁给芹桥先生这样的人。有这样的人做妹夫，自己也很高兴。父亲之所以作出决定，全在于阿游这一番话。之后不久，阿静便出嫁了。就这样，阿静成了我的母亲、阿游成了我的姨妈。不过，事情并非如此简单。父亲是从何种意义上听取阿游的话不得而知，但阿静在洞房之夜却哭着说：'我是察觉到姐姐的心思才嫁来这里的，所以委身于你就对不起姐姐了，我一辈子做徒有其表的妻子即可，请你让姐姐得到幸福吧。'

"父亲听了阿静这番意想不到的话，有一种如梦如幻的感觉。

原以为是自己暗恋阿游，根本没想到这意念能传达给她，更没有考虑过自己被阿游所恋慕。尽管如此，阿静如何得知姐姐的内心情形？若非有确证，难道是姐姐有所透露？父亲追问哭泣中的阿静，阿静说，这种事当然不会说出口，也不该问的，但自己很明白。阿静——我的母亲还是个不曾涉世的姑娘之身，感觉出这一点真令人觉得不可思议。后来了解到，开始小曾部家的人认为这门亲事年龄差距太大，决定回绝，阿游也说既然大家持这个意见就这么定吧。后来有一天阿静过去玩，姐姐对她说，我觉得这门亲事再好不过的，但又不是自己的婚事，大家既然那么说，也不便硬顶；要是不觉得不好意思的话，就由阿静你开口提出，让我去谈谈如何？这样我也可居间调停，做做工作。因为阿静自己也没有固定的想法，既然姐姐如此看中他，该不坏的吧。阿静说：'姐姐既认为好，就那么办吧。'姐姐说：'我很高兴你这么说，差十一二年的婚姻社会上是有先例的。而且我觉得那人和我挺说得来。姐妹们一出嫁便成了外人，只有阿静你，我不想让任何人夺走。要是那个人的话，我就不觉得被人夺去，反而有了一个兄弟的感觉。这么说像是为了自己把那个人塞给你阿静，但对我好的人对阿静也一定好的，就当是为姐姐着想，听了我这话吧。你要是嫁到我讨厌的人家里，往后我连个玩耍的人也没有，可真难熬。'前面也说过，因为平日被大家疼爱，在不自觉的任性中长大成人，这只不过是对一个关系要好的妹妹撒娇吧。但当时阿静从阿游的态度里看出了某种与其平时的撒娇不同的东西。阿游的样子显得尤其可爱，甚至有点儿自私和刁蛮，可能那时的天真烂漫之中包含着一种热情吧。即使阿游自己不那么想，阿静却是那么看的。所谓腼腆的女子尽管不说话，心里头却是活动的，阿静就是那样的人。除此之外，她一定还联想到许多方面。说来，自从阿游与父亲熟悉之后，脸色突然生动艳丽起来，把和阿静谈论父亲的事似乎当作无比的乐趣。父亲对阿静说：'那是你想得太多了。'他努力不让人察觉自己激动的心情。'既然有缘做了夫妻，虽有不足之处，总得看作是个前定之事。你为姐姐着想无可厚非，但独自一人承担矛盾至极的情义，冷淡待我，就违背了姐姐的本意了吧。更何况姐姐不可能指望那种事情，她若听说了这回事，一定会心烦的。''但是，你之所以娶我，是为了想和我的姐姐成为亲戚关系吧。因为姐姐从你妹妹那里听说了那番话，我也就答应了。你迄今也有过不少好的说亲对象，你一概没有看中，如此难觅对象之人，如今要娶我这样笨拙之人，大概是因为姐姐的缘故吧。'父亲无言以对，低下了头。'如果将你的真心向姐姐透露一二，可想而知会非常高兴。但要是这样做，反而彼此间有所顾忌了，所以现在什么都不要说，只是有什么都不要瞒我。这也是遗憾的吧。''我的确不知道你是为他人着想而出嫁的，你的良苦用心我一辈子也不会忘记，'父亲流着泪说，'尽管如此，我只把她作兄弟姐妹看待，无论你要为我做什么，只能够这样子，其他做法都是没有可能的事。硬要为我尽这份人情的话，她也好我也好，必定为此而苦恼，你也会不好受。如果你不觉得我这人太讨厌，就当是对你姐姐尽心，不要说见外的话。我们做夫妻好吗？然后，把她当作我们二人的姐姐来敬奉着，好吗？''什么讨厌你呀不好受呀，我真是不敢当。我自小便唯姐姐是从。你既是姐姐喜欢的，我也就喜欢。不过，将姐姐思慕的人作为丈夫，那实在是抱歉的事，我本不该嫁来这里的，但又想到我若不来，就妨碍了相会，我才怀着做你妹子的心思嫁进来了。''那么，你打算为了姐姐而埋没掉自己的一生吗？没有一个姐姐会把妹妹弄成这样而高兴吧？这不是把一个原本心地纯洁的人伤害了么？''你要是这样去想就不好了。我也希望有姐姐那样纯洁的心灵，如果姐姐为了亡故的姐夫守寡，我也可为姐姐守贞操。不是光我一个人埋没一生，姐姐不也一样么？你可能不知道，我这位姐姐性情、才干都特别让人宠爱有加，天生就像是受托于我们家的大名的孩子似的，全家上下只护她一人。而我明知姐姐有了你这么个人，但因受成规束缚不能如意，我还去抢了过来，可要受天罚的。这话给姐姐听了必定说我胡说八道，所以特别要请你理解。别人是否明白不要紧，我只要自己问心无愧，这世间既令姐姐那样天生有福的人也无能为力，我们就更加无足轻重了。所以我从一开始就有精神准备，要贡献微力哪怕让姐姐多一点儿幸福，这才被娶过门的。为此，请你体谅我，即使人前要像夫妻般行事，私下里请让我保守贞操。如果说我不称职，那是我的心思有一半不在姐姐身上。''这女子为姐姐舍身如此，我身为男子汉岂能不如？'阿静促使父亲也坚定起来了：'谢谢你。你说得太好了。其实我的心愿，是如果姐姐一直守寡，我也终身不娶的。只不过要连累你也得像尼姑那样，我于心不忍，便说了刚才那些话。听了你神一般的心声，连谢你的话都不知从何说起。若你有此决心，夫复何言！虽觉有些残忍，但老实说，我也高兴这样做。照理不该这样期待，但也不再说什么了，就领了你这份情吧。'说着父亲敬重地拉着阿静的手，二人那一晚未曾合眼，说了个通宵。

"就这样，父亲和阿静在他人眼里是对不曾拌过嘴的和睦夫妇，连阿游也不知道二人约定这样来为她尽情义。阿游见二人关系好，向父兄姐妹们自夸：幸亏听了我的话。之后几乎每天，阿游都在自家和阿静家两边你来我往，看戏也好、游山也好，芹桥夫妇必定陪着。据说三人经常相约出游，在外住上一两个晚上。那时阿游和夫妇俩都在一个房间里摆上枕头睡。这样渐成习惯，即使不出游时，阿游有时或留夫妇俩住下，或被夫妇俩留下过夜。一直到很久以后，父亲还很留恋地说起，阿游临睡前总说：'阿静，帮我暖脚。'让阿静钻进自己的被窝里面。那是因为阿游脚冷，睡不着，而阿静身子特别暖和，暖阿游的脚就固定是阿静的工作。但自从阿静出嫁，让女佣代替阿静来做，却没有阿静那种效果。阿游说：'也许是自小养成的癖好吧，光是用被炉、汤婆子不顶事。''别那么客气啦，我就是为了像以前那样做才住下来的。'阿静说着，高高兴兴地钻进阿游的被窝里，躺到阿游要睡了，说'行啦'为止。除此之外，还听说过各种有关阿游的'公主故事'。由三四名女佣照顾她的起居，即便洗手，得一人用杓供水，一人持帕等着。阿游只需将两只湿手一伸，持帕者便麻利地抹干。穿袜子、在澡堂洗澡几乎都不必自己动手。即使在那时候，作为商人出身也太奢侈了。据说嫁入粥川家时，阿游的父亲叮嘱道：'这个女儿是这样长大的，事至如今要改变这个习惯也不可能了。如果你方是诚心求娶她的，就让她像以往那样生活下去吧。'即使有了丈夫、儿子之后，未出阁前的排场仍一成不变。所以父亲常说，到阿游处去，简直就像到了皇宫女官的房间。父亲大体也是这种趣味，所以感触尤深。阿游房间里的日用品，净是皇室风格或官家图纹的东西，从手巾架到便器，都是涂蜡、描金的。然后在与侧屋的隔扇边，放置了代替屏风的衣架，不同日子上面挂不同的小袖①。阿游在里屋的上段之间②凭几而坐，空闲时放一个烘衣竹笼焚香熏衣，或与女佣们闻香，或玩投扇游戏③，或下围棋。阿游在玩耍中亦不甘平庸无风雅之举，围棋虽不高明，却爱上了有秋草的旧式描金棋盘，为了使它派上用场，便玩五子棋。三餐饭用的是袖珍食案，用漆碗吃饭。口渴了，身边女佣捧着天目茶碗托盘，脚蹭地面送上来。想吸烟的话，由旁人一支一支给插上长烟管，点上火。晚上睡在光琳④风格的床头屏风影子里。天冷时，早上一醒来，就让人在房间里铺上涂油厚纸垫，打几次开水来，在半插⑤或盆里洗脸。因为事事都如此，所以要出门便是大事情了。去旅行时，必有一名女佣跟随，其余由阿静左右张罗，连父亲也得帮忙，搬行李、穿和服、按摩，各司其职，务求一切顺利。是的，当时孩子正处于断奶哭闹期，奶妈也跟来了，这是极少有的。但有一次到吉野去赏花，晚上抵达旅馆后，阿游说胀乳，让阿静吃掉。当时父亲见了，笑她'很熟练哩'，阿静说：'我很习惯吃姐姐的奶水。姐姐生头胎时，孩子因为有奶妈，姐姐说阿静你来吃。不时让我吃奶。'问她是何味道，答称'婴儿时的感觉不记得了，现在吃起来觉得味道好极了'。又说'你尝一下'，用碗接了奶头滴下来的乳汁送过来。父亲试一下，说'的确甜甜的'，表面上若无其事，心里明白阿静有用意的，不觉脸红起来，一边待不住往外走，一边

---

① 日本传统服装，被认为是现代和服的雏形。
② 日本传统房屋中比其他地板高起的房间或房间中的一块地方，由位高者落座。
③ 日本江户时代流行的游戏。以打开的扇子投击台上靶子，按靶落及扇开之形状判别胜负。
④ 尾形光琳（1658—1716），日本江户中期画家。
⑤ 注水用具。

口中说'有点怪，有点怪'，阿游则大觉有趣，哄笑起来。自有过此事，阿静似乎以让父亲尴尬或惊慌失措为乐，特地弄出种种淘气事来。日间人多眼杂，实在没有三人独处的机会，偶尔有这种场合，阿静便离席而去，撇下二人长时间相对而坐，直到父亲急得发窘，才悄然归来。并坐时，阿静总让父亲坐在旁边。谁知到了玩扑克牌或比赛时，又尽量安排父亲作为阿游的正面的敌手。若阿游说要系腰带，阿静就说要男人帮忙才够劲儿，要父亲去做；要穿新袜子时，又说难弄要父亲援手。这时候阿静便眼瞅着父亲发窘、为难。一看就知道，这是天真的淘气，并非作弄或者讥刺，但在阿静而言，可能包含着这样的体贴：这么做或可消除二人之间的客套，在这过程中触动真情而沟通彼此的想法，让两颗心灵有交流的机会。显然阿静在期待二人之间发生那样的碰撞、闹出点意外之事来。

"之后二人也平安无事。但有一天，似乎阿静和阿游之间发生了问题。父亲不知此事，遇见阿游时，她一见父亲便别过脸去，流起泪来。因为极少见这种情况，父亲便问阿静出了什么事。阿静说：'姐姐已经知道了。''已经到了非说出来不可的地步，我就说了。'阿静只说了这些。何至于此，具体过程没有透露，所以父亲对阿静的所为也有不解之处。大概阿静认为不妨明言的时机已到，而当姐姐明白他们夫妻并非夫妻，也训斥了她的年轻鲁莽，事到如今虽觉为难，也为妹妹他们的人情所束缚。父亲找个机会，一边察言观色一边谈了这事。'阿静处事总爱超前，早先已说过情况了。大概她天生是爱替人操心的吧。从年轻时起有一副善于应付的婆婆心肠。想来阿静像是为了向阿游奉献身心而降生的女人。我来照顾姐姐，是我在此世上最大的乐趣。要说为什么会这样，我一见着姐姐，自己的事情便都忘干净了。'总之阿静虽有多管闲事之嫌，如果明白她是抛弃私欲，为姐姐着想，阿游也好、父亲也好，都只能流下感激之泪。阿游一开始非常震惊，坐立不安地说：'我不知道自己作的孽，要阿静他们那般为我，将来要遭报应的呀。事到如今就改过吧。今后一定要做真正的夫妻了。''姐姐您别管这个了，慎之助也好、我也好，都是情愿才做的。今后如何您不必介意。也许这么说不大好，您就当作什么也没有听说过吧。'阿静这么答道，没有应允姐姐。自此之后一段时间，阿游与夫妇俩的往还显然减少了，但三人的亲密关系，是亲朋们熟知的，不便露出破绽，一来二去之下，双方又接触起来了，最终是依了阿静的主张。的确，若从阿游的内心深处而言，因为心情上得到了脱离自己为自己所设界限的余地，即使要憎恨妹妹守信义，也憎恨不起来。此后的阿游仍显示出天生的大家风范，什么事情都让妹妹夫妇帮忙。她屈服于夫妇二人的主张，把他们的好意全盘照收。父亲将阿游称为'游小姐'，就是自那时起。开始是与阿静谈论阿游的事时，阿静说你不宜再称她'姐姐'，觉得加一个'小姐'来称呼最适合其为人，结果就那么叫起来了，不知不觉中成了习惯，在阿游跟前也用开了，阿游挺喜欢，说：'那就在我们三人之间用吧。'她又说：'很感谢大家爱护我，希望你们明白，我就是这样长大的，把这些都当作理所当然的事。我很开心人家总是很当回事地待我。'阿游使性子淘气的例子可举出好些：有时对父亲说：'我要你憋住气，直到我说"好"为止。'说罢将手堵住父亲鼻孔，父亲拼命忍住呼吸，若实在憋不住，透出一点气来，阿游便一脸的不满，责怪道：'还没有说"好"嘛，既然这样——'于是用手指捏紧双唇，或将小红方巾对折后手持两端封在嘴上。这种时候，她那岁月不改的娃娃脸，便如幼儿园中的孩儿面，根本看不出已过二十。她有时又说'不想看你的脸，老老实实给我趴着'；或者说'不能发笑'，然后抓挠人家脖子腋下；或者说'不能喊疼'，然后四处乱拧——她就喜欢这样的淘气。这头说'即使我睡了你也不能睡，要是想睡了就看着我的睡相忍耐'。阿游自己呼呼大睡，父亲也迷迷糊糊进了梦乡，中间阿游不知何时醒了，或往父亲耳朵里吹气，或弄根细纸绳在父亲脸上挠，硬把人弄醒。父亲说，阿游这人天生爱玩花招，她自己不察觉，而心中所思，行为所体现的，自然而然有戏剧性，既非有意使坏，她的为人就是带着这些热闹色彩的。阿静和阿游的不同，最突出的就在于阿静不爱生事。穿裲裆弹琴，或坐在衣幕①里，一边让女佣斟酒，一边用涂漆酒杯喝酒的念头，若非阿游，谁也不可能如此得心应手。

"总之，二人的关系成了这样子，不用说正是因为阿静从中撮合。在这方面，芹桥家较之粥川家没有那么张扬，所以阿游来夫妇俩这边的时候居多。阿静挖空心思，说带女佣外出旅行未免浪费，只要自己在场，绝不会感到不便。于是三人便出门到伊势、琴平去了。阿静自己穿着朴素，弄成个女佣的模样，在另一间房里睡下。以当时的情形，三人的关系改变了，说话措辞上也加以留心。住旅馆若由阿游和父亲作夫妻当然最好，但阿游往往摆起女主人的架子，父亲假装成管家、执事，或扮作受宠的艺人。出门在外，二人称阿游为'太太'。这件事也成了阿游愉快的嬉戏之一。许多时候

---

① 赏花等时，脱衣挂在拉好的绳子上作幕。

她都很谨慎，唯晚饭时一点酒下肚，胆子便壮大起来，一副满不在乎的样子，不时发出放肆的咯咯笑声。但是，我在此一定要为阿游和父亲辩解的是直到那时为止，虽然关系在发展，但谁都没有突破最后的防线。我不希望人家说：都那样了，有没有那回事都一样。尽管没法子说清楚，但我希望你相信我父亲的话。父亲对阿静说：'事到如今，也没有对不对得住你的了，但即使同床共寝，我向神佛发誓该守住的还是会守住。或许那不是你的本意，但游小姐也好，我也好，让你支持到这个地步，是因为神佛过分呵护，得了一时的慰藉。'的确就是如此。还有担心万一怀上孩子的因素。然而，贞操问题宽严标准见仁见智，也许难说阿游没有损伤。关于这一点，我回想起来，父亲在一个放有沉香和阿游亲笔签名的桐木箱子里，很珍重地摆放着一套阿游的冬款小袖。父亲有时会让我看那个箱子里的东西。那时候，他会取出小袖衬衣下面叠放的友禅长衬衫，一边摆到我面前，一边说：'这是游小姐贴身穿的，你看看这绸子多沉！'我试拿一下，的确与现在的产品不一样。'那时的绸子绉褶深、线粗，像链子一样够分量。怎么样，重吧？'父亲见我说'真是很沉的绸子'，便很满意地点点头说：'丝绸这东西，不单要柔顺，像这样绉褶深、鼓起来的才是价值所在。这些坑坑洼洼的褶子触及女人身体，反而感觉到肌肤的柔软。从绸子来说，越是肌肤柔软的人穿用，绉褶的凹凸看起来越漂亮，手感也很好。阿游这人天生手脚纤细，穿上这沉沉的绸子，显得更加苗条了。'父亲说着，两手将那衬衫掂一掂。'啊啊，她那身子常常托着这个分量。'他说着，仿佛拥着那人似的，把那绸衫摩擦着脸颊。"

"那么，您看到令尊的那件衬衫时，已经不小了吧？"一直不作声地听着那男子讲故事的我问道，"否则，在小孩子的脑海里，这种事还是不易理解的。""不，那时我才十岁左右。父亲没有把我当小孩，那时当然还理解不了，但他所说的话我都记得。随着我渐渐懂事，意思便也明白了。""的确，我想问一件事：若阿游和令尊的关系诚如您所说，那您是谁的孩子？""问得好。不说这一点，这个故事没法结束。所以还得烦您听下去。父亲和阿游持续的那段奇恋，是一个较短的时期，仅是从阿游二十四五岁起的三四年光景。之后大约在阿游二十七岁那年，亡夫遗下的儿子阿一得了麻疹，转为肺炎病死了。这个孩子的死改变了阿游的处境，也影响了父亲的一生。之前阿游和妹妹、妹夫的往来过多，在小曾部家并不以为意，但在粥川家方面，在婆婆和家人中成了个喋喋不休的议题，有人甚至说阿静居心叵测。实际上，无论阿静如何费尽心机安排，那么多日子里，人们的目光很自然集中到这上面来，暗地里纷纷议论芹桥的妻子过于贞女，或姐妹情分也该有个谱。只有推测到三人心思的姑姑暗自担心。但是，粥川家最初也不管这些传言，到阿一死时，有人责备为人母亲者关心不足，无论怎么说也是阿游的过失，尽管不是她疼爱孩子的心思有问题，但平日有由奶妈包管一切的习惯，据说在看护期间偷暇半天外出，就在那期间情况突变，病情转为肺炎。所谓'母以子贵'，现在孩子没了，又被人议论，处于'半老徐娘'这样过于年轻的岁数，周围的谈论最终形成了'让她回娘家为好'的结论。之后两家为是否领人争执一番，最后是还算体面地离籍了事，于是阿游便回了娘家。当时，小曾部家由兄长继承，阿游原为父母那般宠爱，加上被粥川家指桑骂槐地苛待，兄长便没怠慢她，但此时居家毕竟不比父母健在之时，遇事总得小心谨慎。尽管阿静提议说，若在小曾部家闷得慌，就来我们处住吧，但兄长却制止了，说在仍有人造谣之际，还是稳重谨慎些为好。按阿静说法，兄长可能对内情略知一二，或者有类似的推测。过了一年之后，兄长建议阿游再婚。对方是名叫宫津的伏见的酒厂老板，年龄上大了不少，因曾出入粥川家，从前便听说了阿游其人的铺张排场，这次老伴去世，便一心想续娶阿游。说是若阿游肯下嫁，不会住伏见的店铺，而是加建在巨椋池的别墅，修一间阿游喜爱的茶室居住，种种张罗，生活比在粥川家时更贵族化。事情这般美妙，兄长自然动心，劝阿游道：'你的好运来了，你嫁那边的话，给早先胡说八道的人一个回击不是挺好吗？'不仅如此，兄长还叫来父亲和阿静，说为了打消外间的传言，由二人出面劝说，请阿游接受。这一来二人进退两难。父亲此时若决心将恋情持续下去，只有情死而已。据说父亲不止一两次下了决心，未能实施的原因是因为阿静。也就是说，若父亲将打算端出来，撇下阿静是行不通的，要么三人一起赴死，又觉不妥。阿静最担心的莫过于此，据说那时阿静反反复复说些吃醋的话，诸如'事至如今把我当外人，真是窝心死了'。另一点更加动摇父亲决心的，是他怜恤阿游之心。像阿游这样的人，总是天真烂漫，未经世故，最适合一大帮女佣围在身边，风风火火地过日子，而且又过得起。这样的人死掉实在可惜。这种心情起了最大作用。父亲把这种想法明说了：'你走我的路未免可惜了，若是一般的女子，为爱情而死乃天经地义，但你这样的人有享不尽的福气和恩惠，若都抛弃了，你的价值就没有了。所以你就到巨椋池的豪宅去吧，住到有金碧辉煌的隔扇和屏风的大屋里。我一想到你这样生活着，就比一起去死还高兴。这样说你不至认为我变了心，或者是怕死吧。你不是那种顽固狭隘的人，我就放心地说出来了。你是可以将我这种人一笑置之的、天生大气的人。'阿游默默地听父亲说话，泪水潸然而下，但随即又显出开朗的神情，只说道：'那也是，就按你说的吧。'她既无特别难过的样子，也没有多解释。父亲说，此时此刻才真显出阿游大无畏的真性情。

"就这样，阿游不久便嫁往伏见，据说宫津是个声色之徒，原为好奇而娶阿游，到手随即便厌腻了，极少到阿游的别墅去。不过，他仍说要把那女人当作壁龛的摆设般存放起来，让她过着不吝金钱的生活，所以阿游仍旧置身乡间源氏^①的绘画般的世界里。大阪的小曾部家和我父亲的家从那时起日渐衰微，如前面提到的，在我母亲去世前后，我们堕落到挤住胡同后的廉屋的地步。对了，说到我的母亲，就是阿静，我是阿静生的。父亲和阿游那样分了手之后，想到长期以来的辛劳，又给其妹妹造成难以言喻的哀伤，便与阿静结合了。"

那男子说到此处，仿佛说累了，停了下来，从腰间摸出烟盒。"谢谢您给我讲了这个有意思的故事。那么，令尊带着少年时代的您徘徊在巨椋池别墅前的原因便可以理解了。记得您说过，之后您每年仍上那儿去赏月，现在也是在赶路的途中。""正是。我现在就得动身了。现在每到十五夜，我仍到那别墅后面去，从篱笆之间窥探，可以看见阿游弹琴，女佣跳舞。""我有不明白之处：那位阿游该是年近八十的老妪了吧？"我问道。此刻但见微风吹拂着草叶，长满水边的芒草已看不出了。不知何时，那男子的身影已消失在溶溶月色之中。

---

① 指柳亭种彦作《修紫乡间源氏》。

梦之浮桥

五十四帖后，

鹃啼五位庵。

有渡不得渡，

梦中的浮桥。

　　画中题的这首诗，是我母亲所咏。不过，我有生母和继母，按
印象这首诗虽像是我生母所咏，但无法确定。今后会对一些细节加
以推敲。试举一个理由，就是无论生母、继母，都曾用过"茅渟"
这个名字。我小时候就听说，生母一家虽是京都人，因她在浜寺的
别墅出生，据说她的父亲就因着茅渟的海①，给她取了"茅渟"这
个名字。就是户籍记录，也准确无误地记着"茅渟"。第二任母亲
自嫁入我家，就再没有用过"经子"这一本名，总被叫成"茅渟"。
父亲致函母亲，都写作"茅渟夫人"，有时也作"qinu 夫人"或
"千弩夫人"，所以究竟是写给哪位母亲的，光看这抬头无法区别。
因此，即便通过记录"鹃啼"之诗的色纸，也知道此系"茅渟女"
所咏，但是哪一位茅渟女就不确定了。

且不论是哪位母亲所咏，所谓母亲的诗，这是唯一留下来的。我之所以知道这首诗，是因为录了这首诗的色纸被郑重其事地装裱起来，放在家里。据现今健在的六十余岁的乳母所说，那色纸得自越前的武生，是依古代技法制成的地道的水墨印染纸，母亲（不知是哪一位）据说为了得到水墨印染纸费了许多周折。即便到我上了小学之后，这首诗的文字，我还总是读不全。据说那是模仿近卫三藐院流派的字体，因为杂有大量万叶假名，所以小孩子就不用说了，连大人读下来也有点麻烦。如今，无论男女，再没有人写这等字的。例如，"杜鹃"写作"霍公鸟"，"今日"写作"气布"，"TARU"写作"多流"。这么一说，我倒记起有一副百人一首的纸牌，也是相同的书体，写作"红叶乃锦神之万仁"之类，似乎也是我两位母亲之一写的。

　　关于字的巧拙，我没有资格议论。乳母说"近卫流的字，能写得比这好的似乎没有了"，我亦以为然，心想当系相当杰出的书法吧。但要说起女性书法的杰作，又觉得应该是行成流那种修长流畅的假名文字，而书者竟偏好这种笔画粗厚、汉字繁多的书体，是颇为奇怪的。从中也可见这位女性的特殊性格。

　　若说和歌的高下，我就更不在行，但恐怕这首和歌算不上优美吧。"有渡不得渡，梦中的浮桥"恐怕是说"今日读完源氏五十四帖的最后一卷《梦浮桥》"，因为《梦浮桥》系一短帖，光读它花不了几个小时，所以这里所说的，应是一直在读源氏长卷，今日终于读完最后一帖吧。所谓"五位庵"，是因为常有"五位

---

① 大阪湾的古称，大阪与淡路岛之间椭圆形的海湾。

鹭"① 飞来院子，自祖父时就习惯把这邸宅称为"五位庵"。夜鹭至今仍有飞来，虽然少有目睹，但"嘎嘎"的啼声则常常耳闻。

五位庵的地点，位于纠之森②东西向。走到左边能看见下鸭神社的社殿时，再沿林中小径略略前行，有一座跨小河的狭窄石桥，过了桥就来到五位庵门前。《新古今集》收录的鸭长明的和歌写道：

> 石川濑见小河清，
> 月儿访溪见碧澄。

当地人说歌中的小河就是流过这石桥下的小河，但此说稍有疑问。吉田东伍的地名辞典这样记述："指现流经下鸭村东面，至纠社之南汇入贺茂川之细流。"说"然古风土记所谓濑见小川仅指贺茂川，现在的细流出自水源松崎村，有主流支流之别"。又，因为鸭长明自己也就加茂的和歌比赛说过"此（濑见小川）即鸭川实名"，所以似乎是正确的了。后一部分所见的石川丈山的《濑见的小河》题字也明确地说"以贺茂川为界至京城"。不过，时至今日，这条河已经不那么清澈了，但到我小时候为止，它是如长明的和歌所想见的那种清冽的河流。记得七月中旬前后的洗手会禊祓时，人们都浸到那条浅浅的河里。

五位庵水池的水，是用陶管接通这条河，河水有时上涨，就流入这边来了。穿过两根粗杉原木的正门，进入五位庵，顺铺石的路

---

① 日语汉字，意指夜鹭。鹭科夜鹭属的一种，又名灰洼子、夜洼子、星鸦等。
② 京都市左京区下鸭神社内的镇守之林。

径走进去，里面还有一道中门。路两侧植了稀疏的竹子，一对像是从朝鲜运来的李朝官人的石像相向放置。中门有用杉皮作柏树皮样修葺的屋顶，此处的门经常是关闭的。门的左右悬一副竹联，上书：

林深禽鸟乐
尘远竹松清

这是谁的诗、谁的手书，连父亲也说不知道。

一按对联旁边的门铃，就有人来应门。穿过大橡树的树荫来到屋门前，首先映入眼帘的是挂在三铺席房间里的匾额"鸢飞鱼跃"，这是赖山阳的手书。论说此庵的价值，在总共千坪①的庭园里，平房式的主屋并不太大。算间数，连女佣房的四铺席半及便门的二铺席，也就八间。厨房的木板间设置得像料理店一样宽敞，洗濯的水池与自流井邻接。祖父原先住在佛光寺室町，把这五位庵作为别邸，晚年他将室町出让给别人，以此为本邸，在相邻的西北角增建了三层的泥灰墙仓库。这么一来，从主屋到仓库的路径颇为不便，非得穿过厨房木板间不可。

一家子就父母孩子三人，加上乳母、上中下三个女佣共七人，所以有这几间房已经足够。父亲只需不时到有业务关系的银行露露面即可，他不喜应酬外人，在家的时候居多，几乎从不邀请客人到家里来。祖父爱好茶事，又加上可能与外间有交际，于是移来一间

---

① 1 坪 = 3.31 平方米。

有点来头的茶室，建在池畔；又在院子东南角造一所独屋，取名合欢亭。但到了父亲这一代手里，好不容易移来的茶室和合欢亭都不能物尽其用了，父亲或母亲只把它用作午睡或读书习字的地方。

父亲的爱完全倾注在母亲身上，一副有这个家、这个庭园、这个妻子便于愿已足的模样。父亲不时要听母亲奏琴，但所谓家庭娱乐，也就仅此而已。把千坪的院子称作庭园似乎有些言过其实，但它是杰出园艺师"植总"的作品，予人较实际面积更为幽深之感。

打开正门口三铺席的拉门，是八铺席的房间，往里去有十二铺席的草席房间，是最大的厅。这里造得有点儿豪宅味道，从东到南有套廊围绕，栏杆是勾栏式。南面有意避开阳光照射，棚架伸出到池面上，野木瓜一片茂盛，池水被它的叶子遮盖住了，水面延伸到勾栏边。倚栏眺望，池对面的林深处有瀑布落下，春天迎春花、秋天秋海棠，水流穿梭而过，少顷成潺潺溪流汇入池中。在途中安设了一个青竹做的、叫作"添水"的东西，水流入池子前会先积存于竹筒之中，"啪咚"一声后落下。若竹筒非青绿，切口非雪白，则无甚趣味，所以花匠经常来更换竹筒。这个所谓的"添水"，是"添水唐臼"的省略，《续门叶集》有所谓"添水声若稀，只为上流缓"，而现今洛北的诗仙堂仍在用这东西，是好多人都知道的。在诗仙堂，"添水"写作"僧都"，挂着石川丈山的汉文说明书。五位庵的添水，恐怕也就是我祖父去诗仙堂，读了那些汉文，有心加以模仿的吧。据说丈山被皇上召见时，曾咏一首有前述题辞的和歌：

别看那——

濑见小河水虽浅，

尤照衰影一泫然。

他不肯面圣，那首和歌的拓本悬挂在诗仙堂的壁龛里，我家里也收藏了。

我虚岁四五岁时，对添水"啪咚啪咚"的声响不知怀着多么浓厚的兴趣。

"纠儿，别到那边去，会掉进池里的呀！"

我偏不顾母亲再三制止，一溜烟窜到院子里，穿过假山上的山白竹，跑到水流边去。

"哎呀呀，危险危险！不能一个人去那边！"

母亲和乳母都大惊失色赶来，从后面拽紧我的腰带。我虽然被拽住了，仍探身去窥看水流。就在这当儿，添水的水已满溢，"啪咚"一声落到池里，空了的青竹弹了回来。再过一二分钟又满了，"啪咚"一声又弹回。这种"啪咚啪咚"的声音，恐怕是我对这个家最早的记忆了。我就是从早到晚听着这"啪咚啪咚"声长大的。

乳母因为要时刻盯紧我，所以总是保持高度警惕，但仍有被母亲斥责的时候："喂喂，阿兼，你要发呆可危险了呀！"

水池中间有座土桥，我想通过这土桥到对岸去时，也必为乳母逮住，也有母亲自己飞奔过来的。池水甚浅，但也有一个地方挖成了没顶深，为的是池水干涸时，鲤鱼、鲫鱼可以逃进那里面去。因为这个深潭正好在土桥附近，母亲就经常说：

"掉进去可不得了啦，连大人都出不来！"

过了桥有个亭子，亭子西面有茶室。

"奶娘，你不能跟我进来，就在那里等吧。"我喜欢让乳母等

44

着，独自钻进这茶室里。我喜欢它屋顶低、房间狭小，简直就像为孩子造的玩具房子似的。我在那里躺下，或者在半圆形厨房门和侧身而过的小门间进进出出，打开水屋的水，解开那里的一个木箱的绦带，翻出里面的东西，在大遮阳伞下藏身等等，花样百出地玩个无休止。

"哥儿，玩够了吧？你妈妈该生气啦!"站在外面的乳母干着急，便说："哎呀呀，你看一条好大好大的蜈蚣哇! 要是咬了人可不得了哩!"

我也真见过大蜈蚣一两回，但一次也没有被咬过。

与其说蜈蚣，我倒是更害怕水池畔和假山上摆设的五六个石罗汉。它们比中门外的朝鲜石像小很多，仅三四尺高，但它们的脸太日本化了，造得实在粗鲁可怖。看上去有的歪鼻斜眼瞪你，有的一脸奸笑。所以，天色一暗下来，我就绝不到有那些罗汉的地方去。

母亲不时叫我到里间的勾栏处，给池中鱼投饵喂食。

"鲤鱼鲤鱼来来来! 鲫鱼鲫鱼来来来!"

母亲一投下麸子，那个深潭暗处就游出来好几条鲤鱼、鲫鱼。我紧挨母亲坐在套廊上，有时也倚着栏杆一起投饵，有时就由母亲抱着，坐在她膝上，真切地感觉到母亲略胖的大腿的温厚肉感。

夏日的傍晚，在水面上搭台，和父母三人一起吃晚饭，或者纳凉。有时从桧垣的茶馆带回饭菜，有时叫外卖送来食材，在那间宽敞的厨房里炮制一番。父亲步行到添水落下的地方去冷冻啤酒；母亲会从搭台垂下双腿，浸在池水里。看母亲水中的腿，比在水外面还要好看。母亲个子小巧，腿长得小而圆，像雪白的余鱼丸子一样。她将腿长时间浸在水里一动不动，感受着传到身体的凉意。我长大成人之后，曾在某处见过"洗砚鱼吞墨"的句子，当时还是孩子的我也曾想过，这池里的鲤鱼、鲫鱼们不要光是追逐麸子，要在这美腿周围嬉戏才好哩。

说起来，还有这种事：有一次，我看到汤碗上漂浮着的莼菜，就说：

"这个滑溜滑溜的东西是什么？"

母亲答道："根莼菜。"

"咦，根莼菜？"

当我再追问时，母亲便教我："这就是从深泥池采来的根莼菜呀。"

"给现在的人说根莼菜，他们不知道的，其实就是莼菜。"

父亲笑道。

"是么？一提根莼菜，不就有滑溜滑溜的感觉么？① 从前的歌谣里，都叫作根莼菜的。"

说着，母亲随口哼起莼菜的老歌谣。自此之后，在我家里，女用人也好，连送外卖的餐馆的人，也都将莼菜称作根莼菜了。

到了晚上九点，母亲就说："纠儿，该睡觉啦。"我便被乳母带走。父母何时才睡的，我便不得而知了。他们在里间的勾栏的房间睡，我则在与父母房间隔一条走廊、里间北面的六铺席饭厅里和乳母同睡。当我撒起娇来，缠磨着要与母亲同睡，久久都不能入眠时，母亲便到饭厅来探视，嘴里说着：

"小孩子乖乖……"

---

① "根莼菜"日语发音为 ne nu na wa，此读音给人以光滑、发黏之感。

母亲把我抱起，带回自己的睡房去。在十二铺席大的房间里已铺好了夫妻的被褥，但父亲好像到合欢亭去了，还没有躺下。母亲也没有换睡衣，一身平常装束，没有解开和服腰带便躺下，保持我的脸儿贴着她下颌的姿势睡。虽然房间里点着灯，但因我的脸埋进了母亲的领口之间，四周都显得昏暗模糊。母亲挽成发髻的头发味儿微微扑鼻。我的小嘴在探寻母亲的奶头，含着它用舌尖摆弄。母亲默不作声地任我吮吸。也许那时候不怎么说"断奶期"这回事，记得我直到相当大仍在吃奶。口含着奶头舌尖拼命去摆弄它，到一定时候奶水就上来了。发香和奶香混合着，在我的脸周围，在母亲的怀里飘荡。虽然怀里漆黑一片，但乳房周围模模糊糊、隐约可辨。

　　"快睡吧，快睡吧。"

　　母亲抚着我的头，摩挲我的后背，唱起了耳熟能详的摇篮曲：

　　　　快睡吧，快睡吧，
　　　　快睡吧，快睡吧，
　　　　好孩子不爱哭，爱睡觉。
　　　　妈妈拍着你，
　　　　妈妈抱着你，
　　　　好孩子不爱哭，爱睡觉。

　　母亲反复唱了一遍又一遍，直至我安静入眠为止。我一边捏着乳房、含着奶头，一边悄然进入梦乡。添水"啪咚啪咚"的水声常常隔着窗户从远处潜入我的梦中。乳母也有几种擅长的摇篮曲：

睡了吗睡了吗我问枕头话，
睡了呀睡了呀枕头老实答。

或者：

昨晚梦见寺庙里，
小猫戴巾头撞钟。

乳母反复唱好多摇篮曲，但她的歌总是难以让我入睡。而且，在六铺席的饭厅里也听不见添水的声音。母亲的声音里，有引导孩子进入空想世界的独特节奏，我很容易被哄入睡。

以上，我只写作"母亲"，是专门为了讲述我对亲生母亲的回忆。但是，细想一想，作为对四五岁孩提时代的回顾，是有点儿过于详细了，例如关于母亲双腿的联想、关于"根莼菜"的逸事等，即使生母身上真发生过这些事实，在幼稚无知的我的脑海里，连这种事情都会留下印象么？说不定是第二位母亲的印象和第一位母亲的印象重叠了，搞乱了我的记忆呢？之所以这样说，是因为我的生母，就在我虚岁六岁的秋天，在大门前那棵橡树的叶子开始凋落之时，肚里怀着我的弟弟或妹妹，患了一种叫作子痫的病，二十三岁便死了。之后过了两年多，就来了第二位母亲。

我无法清晰地回忆出生母的面容。尽管乳母说她长得很漂亮，我仅能朦胧得出一个有点婴儿肥的圆脸样子。因为我被母亲抱着，自下仰视她的时候居多，所以她的鼻孔看得很清楚。鼻子被灯光照着，微红通透，很漂亮。从这个角度来看我就更确信这是乳母等无法与之相比的完美鼻子。但除此之外的特征，比如眼睛如何、嘴如何、眉毛如何，要我一一点明的话，我则说不出所以然，这个方面依然和第二位母亲的容貌重叠，变得含含糊糊。生母死后，父亲早晚在佛前祈求冥福时，我也经常在父亲身旁坐下礼拜，但再三细看立在牌位旁的死者照片，我也无法产生"这就是那位给我吮吸奶水的母亲"的实感。

看那张照片，母亲挽了个唐人髻，不但比我朦胧记忆中的模样更加圆圆胖胖，且整体上也模糊不清，所以就无法由此在脑海里重现往日母亲的形象了。

我问父亲：

"爸爸，这真是妈妈的照片吗？"

父亲回答：

"对呀，这是妈妈嫁到爸爸这里来之前十六七岁时照的。"

"是吗？这不大像妈妈吧？摆一张更像妈妈的吧，好像有妈妈嫁过来之后的照片嘛。"

"妈妈讨厌照相，单人照只有这一张。尽管嫁过来之后也和爸爸合照过一两张，由于那照相师傅瞎摆弄，脸变得很难看，妈妈最讨厌看见那照片。这张照片是她姑娘时的，可能和你看到的样子不同，但妈妈在姑娘时真的就是这样。"

让父亲这么一说，果然有点感觉了，但到底无法让我清晰地忆起已经忘却的母亲的模样。

我趴在勾栏上看鲤鱼、鲫鱼戏水，就会想起母亲；听见添水的水声，就会思念母亲。尤其是在夜晚，被乳母抱入被窝之后的思母之情更是无法言说。那是一个混合着发香和乳香、在带着体温的怀抱中甜美的而又微微发白的世界——那个世界，为什么一去不复返？没有了母亲，就是没有了那个世界了吗？母亲究竟把那个世界带往哪里去了？乳母为了安慰我，唱起了"睡了吗睡了吗我问枕头话"，这么一来我更加悲从中来。

"讨厌讨厌讨厌！你一唱歌我就讨厌。"

我在被窝胡乱发泄一气，喊着"我要见妈妈"，把被子扔到一边，大哭不止。父亲看不过眼，便走进来说：

"纠儿，不要给乳母捣乱，好孩子乖乖睡觉。"

他这么一说，我哭得更厉害了。

"妈妈已经死了，哭也没有用啊。爸爸比你想哭十倍、二十倍哩，可只能忍耐啊，你也要忍耐。"

父亲颤抖着声音说道，于是，乳母便说：

"你要是想见妈妈的话，一心拜佛就行。这样的话妈妈一定会在梦中出现。妈妈会说纠儿真乖，你要是哭的话妈妈就不出来了。"

父亲忍受不了我没完没了的哭喊，便说："好啦好啦，那就和爸爸睡吧！"然后把我带到十二铺席的房间，要抱着让我入睡，但我一闻到父亲的男人体味——这种和母亲体味太不相同的不佳体味，我丝毫得不到安慰。和父亲睡还不如和乳母睡好。

"爸爸味儿不好闻，我还是和乳母睡吧。"

"那你就和乳母睡里面那间去吧。"父亲如此说道。于是，自此以后我就和乳母睡在内宅客厅再往里一间的八铺席房里。

"你怎么可以说爸爸味儿不好呢？"

乳母说我的脸长得和父亲一模一样，一点不像母亲，这么一来我又伤心起来。

父亲早晚各一小时默诵经文，每天如此。我估算父亲诵读快完的时候，走到佛前来，捻上十分钟念珠。有时父亲也会说着"过来拜拜妈妈"，牵我的手拉我过来，如此一来我就从诵经开始到结束都不能动弹。

从七岁的春天起，我就上小学了，半夜三更闹得父亲和乳母束手无策的事就极少有了，但我思念母亲的情绪却是有增无减。不喜欢有来客、拙于交际的父亲，有母亲陪着便心满意足，在母亲去世后果然百无聊赖，有时天气好便出门走走。到了星期天，经常由我和乳母陪着到山端的平八吃饭，或者乘岚山电车到嵯峨去。

"妈妈在世时，常常到那家平八店去吃饭，纠儿还记得吧？"

"我只记得一次，那会儿后面河里有蛙鸣呢。"

"没错没错。记得妈妈唱的酱汁歌吗？"

"这个我不记得了。"

说着话时，父亲像是顺带想到了似的说：

"纠儿，如果有像你妈妈那样的人，要她来做你妈妈，好不好？"

"有那样的人吗？爸爸认识这样的人吗？"我感到新鲜。

"不不，我只是说，如果有这样的人罢了。"父亲慌慌张张地要抹去之前说过的话似的说道。

我已经说不清我们父子间这段对话，是在我几岁的时候了。无法弄清父亲那时是有了意中人，抑或偶然提及。读二年级那年的春天，瀑布落口处的八重迎春花盛开的时节，有一天放学归来，意外听见里间传出琴声。咦，谁在弹琴？去世的母亲弹得一手生田流的好琴，我时不时见她将绘有描金松树的六尺琴拿到勾栏附近弹奏，父亲在一旁专心倾听，但自母亲去世之后，这把琴作为心爱的遗物，用印有桐纹的油布覆盖，放在黑木箱子里，在仓库里至今谁也没有碰过。我心里想：这会是那把琴吗？

我一进门，乳母就附耳说道："少爷，我悄悄看了，来了一位漂亮夫人哩。"

我进了八铺席的房间，将分隔的拉门打开一条小缝，往里面窥探，父亲一眼就看见了我，招手让我过去。那人专注在琴上，我来到旁边她也没有任何表示，继续弹琴。那人用已故母亲同样的姿势，坐在同样的位置，把琴摆在同样的角度，同样地伸出左手按着琴弦。这把琴并不是母亲遗下的那把，是一把没有任何图案花纹的纯色琴，但肃然起敬地倾听着的父亲，所取位子和姿态，与母亲在时无异。一曲终了，那人才脱去义甲，转过身来向我露出笑容。

"你叫纠儿吧？很像父亲呀。"

"来行个礼。"

父亲按着我的脑袋说。

"刚放学回来吗？"

那人说着，又戴上了义甲，我虽然不知道曲名，倒是一首间奏很长的难曲。那会儿我乖乖地坐在父亲身边，屏息注视着那人的一举一动。尽管是在孩子面前，那人多少还是有点难为情吧，在演奏结束之后，也只是和父亲交谈，没有几句是应酬我的话，目光相接时只是微微一笑而已。她和父亲说话时不慌不忙的样子，无形中给人落落大方的感觉。之后不久，有人力车来接她，在天黑前便离去了，但琴则暂留下来，就那么竖着摆放在八铺席房间的壁龛里。

"你觉得那人如何？不像你妈妈么？"

我虽然预想父亲肯定要向我提出这个问题，但父亲什么也没有说。我也没有打算问父亲和那人会是什么关系。我们犹像着回避与那人有关的问题。老实说，要是我被问及那人是不是像母亲，恐怕我也一下子答不上来。至少先前一见到那人时，并没有产生"呵，妈妈又出现了"的感觉。不过，她那圆润的轮廓、小巧的个子、从容不迫的说话方式，尤其是初次见面没有假惺惺地对我说奉承话，那种得体的应对里有一种说不出的吸引人的力量，我对此颇有好感。若说与已故母亲的相似之处，这些地方就挺相似的。

"那人是谁？"

"哎呀，我也不知道。"

我悄悄向乳母打听。不知她是否被叮嘱过不能说，还是真的不知道，什么也没有告诉我。

"今天是第一次上这儿来吗？"

"今天是第三次了，弹琴倒是第一次。"

之后，我在听见杜鹃啼叫的时节又见过那个人。当时弹过琴之后，她和我们父子，三人到水池边给鱼投食，她显得稍为随和些了，但还是在晚饭之前就回去了。因为那把琴之后仍立在壁龛，所以实际上可能在我不知道的时候，她更加频繁地进出过我家。

"纠儿，过来一下。"

父亲把我叫到勾栏的房间去谈话，是在我九岁那年的三月。大约是在晚饭之后、夜晚八时前后，在只有我们父子二人的地方，父亲一改平日的口吻，很严肃地说：

"我不知道你怎么看那位上这儿来弹琴的人，我考虑过各个方面——包括爸爸的事和你的事，我现在打算把她娶进门。你今年就是三年级学生了，我希望你听明白我说的事情。你也知道，我最看重你已故的母亲。只要你母亲健在，爸爸根本不需要其他人。你母亲撒手而去，我真不知如何是好。在这过程中，很偶然认识了那个人。你可能记不清母亲的面容了，这次你一定会记起，那个人在好多方面都像你母亲。说是相像，只要不是双胞胎，互不相关的两个人不可能一模一样。说她们相像，是说那人的脸、说话方式、行为举止、温柔且有涵养的性情，在这些方面，那个人像你的母亲。如果不是遇上这样的人，爸爸绝不会有第二次结婚的念头。正因为有个这样的人，我才会这样想的。说不定就是你母亲为我们着想，安排了这样的缘分。今后有了这样的人在，对你的成长不知会有多大帮助！你母亲的三周年忌也到了，时机也合适。哎，纠儿，我说的话你明白了吧？"

不可思议的是，父亲要说的事情，他只说到一半，我就全明白了。父亲看出我脸上流露欣悦之色，又说道：

"如果你明白的话，我还要告诉你一件事情。"

"如果那个人来了，你不要认为是第二个妈妈来了。你就当是生你的母亲现在还活着，她离开了一段时间，现在又回来了。即使我不这样说，你随即也会这么想的。以前的妈妈和这次的妈妈会合二为一，区别不了。以前的妈妈名叫茅渟，现在的妈妈也叫茅渟。除此之外，所做所说，这次的人和以前的妈妈完全一样。"

在此之后，父亲早晚朝拜佛坛时，不再像以前那样拉我来坐很长时间。诵读经文的时间逐渐缩短。之后不久，进入四月的一天晚上，他们在勾栏的房间举行了仪式，但我记不得有在哪家酒楼举行过婚宴之类的事了。仪式的简朴也很出人意料，双方也只来了两三位亲戚而已。父亲翌日即"茅淳、茅淳"地叫开了，又对我说"哎，你喊妈妈呀"，我一点不为难地喊出了"妈妈"，倒有点意外。近两三年来，已经习惯了和父亲隔一重拉门睡觉的我，从新母亲进门的晚上起，又再和乳母一起睡六铺席的饭厅。父亲得到新妻子似乎真的感到幸福，又开始过起与已故母亲当年一样的夫妻生活。以前就在我家干活的乳母和女佣们遇到这种事，总要在背后嚼些舌根，但这个人可能很得人心吧，大家和她很亲近，待她如旧人一样。家中的一切做法又恢复过去那一套。父亲坐在母亲身旁倾听琴声，也和已故生母在时相同。而琴也搬出了有松树图案的遗物，是生母一直使用的这一把了。夏天在水面搭台，一家三口在上面吃晚饭。父亲到添水的落水口去冷却啤酒。母亲从搭台垂下双腿浸在水里。透过池水看那双脚时，我不禁回想起从前母亲的脚，感到那双脚和这双脚是一样的。不，说得更准确一点，对从前母亲的脚的回忆已经淡薄消散了，当猛一看见现在的这双脚时，才想起来正是这样子。而且，这个人也称碗里的莼菜为"根莼菜"，提及深泥潭的事情。

"纠儿，学校现在有教古今集的内容了，其中有这样的和歌哩。"

她吟诵了一首壬生忠岑的和歌："隐沼之下生根莼，谣言勿信候你来。"

说来有点重复了，有关脚、莼菜等等，我既感到是从前的母亲开始做、开始说的，现在是第二次了；又觉得此时此刻才是第一次。一定是父亲竭力要使以前的母亲所说所做的事与现在的母亲混合起来，使我找不到生母与继母的差异，还把这一办法告诉了现在的母亲吧。

有一天晚上，我觉得就是那一年的秋天，我和乳母要睡觉了，母亲进来说道：

"纠儿，你记得到五岁时还吃妈妈的奶吗？"

"嗯，记得。"

"你还记得要妈妈唱了又唱的摇篮曲吗？"

"嗯，记得。"

"现在还想和妈妈那样子吧？"

"想是想，可……"

我突然感到心跳加速，红着脸说道。

"那好，今晚和妈妈一起睡吧。过来这边。"

母亲牵着我的手，带我到勾栏的房间去了。夫妻的被褥已经摆开，但父亲还没睡。母亲也不是穿睡衣，仍旧是系着昼夜带①的样子。天花上亮着灯。添水的水声"啪咚啪咚"地传过来。一切与旧时无异。母亲躺下来，将挽了发髻的头搁在船形枕上，说"进来吧"，掀起被子让我进去。我也长个子了，不再是团身在母亲额下那么小不点的样子，但脸挨着脸会害臊，特地弯着身子缩进被窝里。这样，正好我的鼻尖处就是母亲和服衬领的开口。

"纠儿，想吃奶吗？"

我听见头顶上母亲小声说。母亲说着，自己低头探视被褥里

---

① 和服腰带的一种。因正反两面材质不同，且起初为一面色白一面色黑，而被称作昼夜带。

面。母亲的刘海凉凉地触到我的脸。

"这么长时间都是和乳母睡，一定很孤寂吧。想和妈妈睡的话，你早早地说好啦。你还是有拘束吧？"

我点了点头，她便说："真是怪孩子。好吧，快找奶吧。"

我拉开衬领的开口，把脸贴在乳房和乳房之间，两只手抚弄着乳头。母亲的脸在上方挡着，空隙处透进灯光。我轮流含咂右边和左边的乳头。用舌尖频频吸吮，但总是没有奶水出来。

"哎呀，好痒。"

"一点也没有奶水出来，我忘了怎么吸了。"

"忍着点吧，要到了生下婴儿，才有多多的奶水。"

虽然这么说，我还是不想离开乳房，一直吮吸个没完。明知怎么吸都是无效的，我却将那隆起之物的前端、小小的硬硬的东西含在嘴里戏弄，仅此便够惬意。

"真是抱歉啦，这么拼命地吸还是没有奶。不出奶你也爱吸吗？"

我一边点头一边仍不住地吸。我从前在母亲怀里感受到的、发油香味和奶水香味混合飘荡着的世界——现在当然没有奶水的香味，我却因联想的作用而在这里感受到了这一切。那个微微发白的、暖融融的梦中世界，那个应当已被从前的母亲带往不明所在的远方去了的世界，意想不到地重新回来了。

　　快睡吧，快睡吧，

　　快睡吧，快睡吧，

　　好孩子不爱哭，爱睡觉。

母亲用和从前一样的节奏，唱起了那首摇篮曲。我太感动了，以至于母亲特地唱了摇篮曲，当晚仍然久久不能入睡，只一味含着奶头不放。

这样一来，约半年之间，我虽然并没有忘掉从前的母亲，但从前的母亲和现在的母亲的界线已经分不清了。当我想回忆从前的母亲的面容时，浮现出来的是现在的母亲的面容；当我以为听见了从前的母亲的声音时，听到的是现在的母亲的声音。渐渐地，从前的母亲的形象，和现在的母亲的形象重合了，除此之外的所谓"母亲"变得难以想象。父亲计划要让我变成这样，果然不折不扣地完成了。我稍后长到十三四岁，夜晚就一个人睡了，但有时还是怀恋母亲的怀抱，要求着"妈妈，我要一起睡"，打开衬衫的领口，吮吸不出奶的乳头，听母亲唱摇篮曲。然后安然入睡，也不知是何时被抱了回去，到早上醒来时，是独自睡在六铺席的房间里。母亲一说"一起睡吧"，我就高高兴兴地照办，父亲也允许我这样。

关于这位母亲是在哪里出生、成长经历如何、因什么缘由嫁到父亲这里，很长时间以来我都不知道，谁也不跟我谈起这些事。虽然想过翻查户籍可能会得到一些线索，但我遵从父亲的叮嘱：要把她当成亲生母亲，不要去想你有两个母亲，避免去做进一步的调查。不过，我从府立一中毕业，入读三高之际，因要取户籍抄本，那时才知道现在的母亲本名不叫"茅淳"，而是"经子"。

翌年，工作多年的乳母，在五十八岁的年纪要告老返家回故乡长浜。有一天，大约是在十月下旬，我们二人到下鸭神社去参拜，乳母捐了香资，击掌，说：

"可能也要告别这座神社了吧。"

说完这感慨良多的话，她又示意我顺林中的参道向葵桥方向走，说："少爷，散散步吧。"

"少爷大概都知道那些事了吧。"

乳母突然说了一句令人不解的话。

"知道哪些事？"

"若你还不知道，就算啦。"

"你说说是什么事吧。"

"也不知说了是好还是不好，"乳母吞吞吐吐，令人觉得古怪，"少爷，你对现在的母亲的事，大概都知道的吧？"

"不，不知道。我只知道她的本名叫经子。"

"你是怎么知道的？"

"去年要交户籍抄本的时候。"

"你真的只知道这些吗？"

"除此之外，我什么也不知道。爸爸说过不要我知道的，你也没有告诉我，我不能问这种事的嘛。"

"我在这里干的期间也不会说的，但现在就要回江川的乡下去了，下一次不知何时才能再见少爷，所以我觉得这件事可能让你知道比较好，你得对老爷保密才行。"

"算了，这些话还是到此为止吧，我觉得还是听从父亲的吩咐比较好。"

"虽然我知道你说的在理，但还是知道个究竟为好。"

尽管我嘴上那么说，当和乳母在参道上走了两三个来回后，我就禁不住被她不经意间冒出来的这句话吸引住了。

"我也只是听外面人传的，是否属实还不知道。"乳母说着，告诉我以下的事情。

据传闻,现在的母亲出生在二条边一间经营笔墨色纸账册的店里,规模很大,就像现在的鸠居堂。但那家店在母亲十来岁时倒闭了,到如今已烟消云散、了无痕迹。之后,母亲在十二岁时被卖身到祇园某家做养女,从十三岁到十六岁做过舞妓。有关艺名、店号等查一查即可明白,但乳母不知道。十六岁时,被绫小路西洞院的年轻棉花批发商赎了身,嫁入这人家里去,但有的说是正式的妻,也有的说没有入籍。总之是受着正妻或相当于正妻的待遇,足足做了四年大商店家的少奶奶,但在十九岁那年因事离异。所谓的"事",有说是被该家公婆、亲戚逐出家门的,也有说是酒色之徒的丈夫对她产生厌倦。母亲离开时肯定得到了不少补偿,便回到隐居在六条边的亲戚家,在二楼开班,以教附近的女孩子茶道、插花为生。我父亲认识母亲似乎就在此期间,至于是在怎样的机会下见第一面的,然后在嫁入五位庵之前二人在何处见面,这些过程就不甚明了。父亲自前妻故去到迎娶第二位妻子,经过了两年半的时间。且不论新人如何传承了旧人的面容,父亲在那么深爱的旧人死去不到一年,就被新人吸引是不可思议的,所以,可能他下决心要迎娶新人,至多是在结婚之前一年的事。前一位殁年二十三岁,新人和父亲结婚时二十一岁,父亲时年比新人年长十三岁即三十四岁,我比她小十二岁即九岁。

我头一次明白了母亲的出身,产生了浓厚的兴趣,与此同时,又有不少感触。尤其是母亲从十三岁到十六岁曾在祇园町做过舞妓这件事,是我没有想象过的。正因为她原本为良家子女出身,又在仅仅三四年之后便被赎了身,作为大户人家的少奶奶居家过日子,所以能在那期间积累起各种各样的教养，与通常被赎身的舞妓不同。纵然如此，她那落落大方的天赋品格能没有瑕疵地保持下来，令我不得不佩服。至于她那种甚有格调的、留着旧时商家传统的言谈又是怎么回事？照理在花柳界待上三四年，那种环境里的言谈口吻难免有所流露的，莫非她在棉花批发店时，被丈夫和公婆教导出来了么？不妨说，我父亲恰好正孤单寂寞，被这样的人吸引，是理所当然的事；他甚而考虑到，这人将会原原本本地继承亡妻的美德，并可使作为亡妻之骨肉的我忘却失恃之悲伤，也应是自然而然的事情。我明白父亲不单是为了他自己，且为了我作了深远的考虑。为了将现在的母亲嵌在从前母亲的模子里，使我将两位母亲合二为一，尽管也必定有现在母亲自己的用心，但主要还是这位不寻常的父亲安排的结果。通过父亲对现在的母亲和我所倾注的爱，可以察觉他越发深沉地思慕我的第一位母亲。由此看来，乳母告诉我现在的母亲的前半生的秘密，似乎作践了父亲的良苦用心，但另一方面，我由此而对父亲的感激之情以及对现在的母亲的尊敬，就越来越强烈了。

自乳母走了之后，增加了一名女佣，变成了四个人。翌年正月，我知道母亲怀孕了。此时正是她嫁给父亲的第十一个年头。因为母亲和她前夫之间也没有孩子，所以到了这个年龄还有这种事情发生，似乎父母本身都颇意外，母亲常说：

"到这个年纪才挺个大肚子，真难为情"，或者"年过三十生第一胎很艰难吧"。

因为直到今天为止，父母都将对子女的爱倾注在我一个人身上，这次的事情可能多少对我有点顾虑，但他们如果这样想实在差得太远，二十年来我作为独生子长大，头一次能有个兄弟，真不知有多高兴。对父亲而言，因为有过去妊娠中失去前一位妻子的记忆，可想而知这件不祥的旧事偶尔会使他心事重重。我感到不解的是，父亲也好、母亲也好，都不愿在我面前提及将要出生的孩子。我渐渐感觉出来，一提及此事，他们都不知何故显得闷闷不乐。

"我们有纠儿这孩子做依靠就够啦，这把年龄了，谁还想生孩子呀。"

母亲开玩笑地说道。我心想，按母亲的性格，不该会为了遮羞而说出这样的话。

"妈妈说什么呀，不能开这样的玩笑。"

我说道。但看来父亲是肯定母亲的话的。

医生的健康诊断说，尽管母亲的心脏多少有些缺陷，但不到影响分娩的程度，大体上属于健康的体质。这一年的五月，母亲生下了一个男婴。分娩是在自己家里，是那间作为我房间的六铺席饭厅充当产房。婴儿产后也长得快，不久父亲为他取名"武"。大致是在出生后半个月的事，一天我放学归来，意外地发现阿武没有了。

我问："爸爸，阿武到哪里去了？"

"那孩子给静市野村了。这里面有多种原因，也得请你谅解，不过这次的事你就别问太多了。这不只是我一人的想法，从决定生下这孩子那天起，我和妈妈每个晚上都谈这件事，然后才决定的。妈妈比我更主张这样做。事前一句也没跟你提就这样处置了可能不好，但要是跟你说了，就担心事情反而复杂了。"

我盯着父亲的脸好一会儿，茫然不知所措。前一天刚下床起来的母亲似乎有意避开这个场面，看不见她的身影。

"妈妈呢?"我问道。

"啊,走到院里去了吧?"父亲假装不知地说。

我马上去院子里找。母亲蹲在土桥中间,一边拍着手召唤鱼儿,一边不断投下麸子。我上前来,母亲便站起来,朝水池对面走去,在那个有点令人不快的罗汉像旁的青祠墩上坐下,招呼我在相对的另一个墩上坐下。

"妈妈,刚才听爸爸说的事,究竟是怎么回事?"

"纠儿很意外吧?"

母亲圆润的脸颊上,是平时那种不为所动的静静的微笑。如果说于她不可取代的、刚诞生的至爱亲儿被夺走的生母之痛是被勉强地掩饰了起来,但她眼神里却丝毫没有那样的阴翳。

"感到意外不是很正常么?"

"不是一直说,有纠儿一个孩子就够了么?"

母亲面不改容,还是那样泰然自若。

"这样做既是父亲的想法,也是我的想法。哎,这事情以后慢慢说吧。"

用作母亲产房的房间,从那个晚上起,又成了我的睡房。今天所发生的事情背后的意义,我越想越不明白,快到黎明时分还睡不着。

在此先说说父亲话里提到的静市野村的事情吧。

这个村子在以赖光①、袴垂保辅②和鬼童丸③的故事出名的上古

---

① 著名的大江山征鬼传说中的源赖光。
② 日本平安时代活跃于京城的名盗。
③ 日本平安时代传说中的盗贼。

市原野一带，至今它的字①之一仍留有"市原"之名，前往鞍马的电车站也作"市原"。但通电车是后来的事，父亲提及这地方那阵子，从京都到相距两三里的这个村去，要么雇人力车；要么从出町乘马车到三宅八幡去，从那里再徒步走一里半的路程。按鞍马方向的电车来说，从出町起第四站是修学院，其次为山端，再次为八幡前，往下是岩仓，再向后数三站是市原，即静市野村，再往下第二站是贵船口，接着是终点站鞍马，所以静市野村较之京都更靠近鞍马。似乎数代人之前，我家便与这个村里叫野濑的农家有来往，大概是我的某位先祖曾被送给这家人寄养的缘故吧。即使到了我父亲这一代，每逢盂兰盆节或年底，这家人的当家人或他的妻子，就用车载了新鲜蔬菜来探访。尤其这家人的加茂茄子和毛豆，是城里寻不到的品种，所以我们一家都期待着那大板车到来。我在秋天也时常被邀请去长蘑菇的山上，一家三口加上某个亲戚或者乳母，便在那住上一晚，所以我自小就熟悉那个地方。

从野濑家去那座山的途中，有鸭川源头之一的鞍马川流过。虽然从京都看过来，酒店地势在高处，但从山腹一带眺望，这处位于蹴上的酒店实在是在很低的地方。德川初期，据说藤原惺窝拒绝家康的邀请后，即隐居此地，尽管没有房舍留存下来，但在鞍马川水流急转弯的突出角处，有山庄遗迹。惺窝在这一带选出八处名所，命名为枕流洞、飞鸟潭、流六溪等等，其旧迹仍存。附近又有普陀落寺，即俗称小町寺的寺庙，有小野小町和深草少将之塚。在《平家物语》的"大原御幸"条，有后白河上皇来到普陀落寺的记述，

① 日本旧时町、村之下的行政区域名，分大字与小字。

名胜画册上指出，就是这座寺庙。谣曲《通小町》载：从前某人路过市原野，从一丛芒草背后传出歌声："秋风起处哀声近，目痛目痛呵，目痛小野芒草生。"又有"刚才的女子似是小野小町的幽灵，我打算到市原野去，凭吊小町的遗迹"。又从旧画上看到过像是骷髅眼里长出芒草的小町模样，小町寺里还有刻上那首歌的"目痛石"。在我幼时，那一带长着繁茂的芒草，茫茫一片，是个荒凉的地方。

关于阿武，从父母处听说了意外的事情数日之后，我一个人迫不及待地、悄悄地造访了位于静市野村的野濑家。然而此举并不意味着我已决意立即夺回阿武，带返家里。未征求父母意见便一意孤行的事我做不来。我想的是：完全不懂事的弟弟离开慈母怀抱、被送往乡下的农民家，实在太可怜了，我无论如何要看到他平安无事的样子，再回家去恳请父亲和母亲重新考虑；如果他们不接受，我就耐心地一次次去求他们，再一次次地往来于野濑家，维系我和阿武的缘分，向父亲和母亲报告阿武成长的情形，这样坚持下来的话，最终父母也会体察我的心思吧。

我一早出发，中午前已抵达野濑家，正好见到从田里归来的主人夫妇，但当我说想看看阿武时，主人夫妇一脸困惑地说：

"阿武不在这里呀。"

"不在这里？那在哪里呢？"我问道。

"这个么……这个么……"夫妇俩面面相觑，一副不知如何回答的无奈样子。但是，当我再三追问时，最后是妻子先撑不住了，说：

"那孩子送到更远的乡下去了。"

她说，不巧自家里没有出奶水的女人，而且你家老爷和太太也都希望送到比这里远的地方去，便交到一户我认识的热心肠的人家手里。我又问更远的乡下是哪里时，主人更感困惑，只说："你家老爷和太太都知道的，你向他们问吧，不便从我嘴里说出来。"

他妻子从旁补充道："他们还说万一少爷来问，决不能说。"尽管如此，我好歹问出来，那个乡下是芹生的乡间。

当地曲词里有谓："我之所在，为京都乡间一隅，八濑、大原、芹生的乡间。"连私塾的戏里也说："武部源藏夫妇像照顾亲生儿子一样，将菅秀才送至没有人找得到的偏僻山村——芹生的乡间。"不过，芹生现在叫草生，位于从静市野村翻越江文崖去大原的途中，此刻野濑夫妇告诉我的芹生并非那里，而是属丹波的桑田郡，在山的更深处、更为偏僻的黑田村的芹生。要去那里，得从贵船口往贵船走，翻越山城和丹波交界的芹生崖，但从贵船到芹生的二里之间，没有一户人家。而且途中的江文崖据说不算高，而芹生崖比它高出一倍以上。究竟我的父母有什么理由，要将我年幼的弟弟寄养在那种地方呢？菅秀才被藏匿在"偏僻山村"，也只是"京都乡间一隅"，阿武为什么要被藏入丹波的山中去呢？我恨不得当天就徒步直闯阿武的所在，但只知一个芹生，连户主姓名也不知晓，非得一家一家敲门询问不可，且现在即前往贵船、翻过那样险峻的山坡是不可能的事。今天只好先回家，放弃寻找了，我垂头丧气地从早上来的路返回下鸭。

之后的两三天，父母和我坐在晚餐饭桌前都挺别扭的，彼此都很少开口。不知野濑家有没有报告他们我去静市野村一事，父母什么也没说，我也不提那件事。母亲看样子奶胀得难受，时不时躲到

66

茶室里用挤乳器挤奶，或者叫人帮揉乳房。父亲这阵子似乎身体欠佳，或在勾栏房间里取出中国制的红色中空枕睡午觉，或夹支体温计试试有没有热度。我打算近日去一次芹生，正在考虑一个离开家两三天的借口。但因为祖父曾引以为豪的合欢花开放了，六月中的某一天，我偶然打算到合欢亭去读书，便带上《安娜·卡列尼娜》的英译本，从院里开着合欢花的方向走上亭子，没想到母亲独自在八铺席房间近廊边的地方，铺着棕色皮面的坐垫，正在挤奶。因为母亲这阵子常在茶室挤奶，所以我根本没有料到合欢亭里会有这种情形。我不经意间从正面看到了母亲的两只乳房，她敞着胸，歪斜着身子。我吃了一惊，想要走下院子。

"纠儿，"母亲像往常一样神色安详地说道，"纠儿，你就在那里好啦。"

"我过后再来。没想到妈妈会在这里。"

"茶室屋顶低，太热，所以就在这里挤。你是来读那本书的吗？"

"我过后再来吧。"

我颇为狼狈，刚要迈步，母亲再次制止我道："不用走，我马上就完，你就在那里好了。"

"你看，奶胀成这样，痛死了。"母亲说话后见我仍沉默不语，又再说道："还记得你到十三四岁还吮我奶吧。还问怎么吸了也不上奶水吧。"

母亲将抵着左边乳头的挤奶器换到右边的乳头。乳房胀满玻璃容器，奶水从乳头成几条线状喷出。母亲将奶水倒入杯里，摆在我面前让我看。

"我说了生了孩子，奶水多的话，让纠儿也喝的。对吧，纠儿？"

我稍稍冷静一点了，尽管眼看着母亲的举动，却浑然不知如何作答。

"你现在还记得奶水的味道吧？"

我没有开口，低着头摇了摇。

"那，你喝这个试试。"母亲将装了奶水的杯子推到我这边来，说道，"快，喝点试试。"

我猛然觉得自己抢在意识反应之前已接过了杯子，嘴里含着两三滴白色的、甜甜的汁液。

"怎么样，想起从前的味道了吗？我听说你到五岁还在吃前一位母亲的奶，对吧？"

现在的母亲对我使用区别自己与父亲前妻的措词，称"前一位母亲"，是极少有的。

"你现在还想吸奶吗？吸得出来的话让你吸呀。"

母亲抓起一边乳房，将奶头伸向我这边来。

"试试看能不能吸出来？"

我的膝头碰着母亲的膝头，我撩起衣襟，让乳头进入唇间。开始时奶水总不出来，在我吮吸着的时候，舌头的活动找回了昔日的动作。我的个子比母亲要高出四五寸，于是我团着身将脸埋入母亲怀中，贪婪地吸着不断涌出来的奶水。

"妈妈！"一声撒娇的呼唤冲口而出。

母亲和我相拥的时间约有半个小时吧，母亲从我嘴里拉出乳房，说道："今天这样就好了吧。"

我猛地拨开母亲，从廊上跳下来，不声不响逃到院子里去了。

　　说起来，今天母亲的举动是什么意思呢？我明白，母亲和我在合欢亭相遇是偶然，并非有计划进行的。那么说，母亲是偶遇我、突然想让我狼狈起来、不知所措的么？像今天的相遇于我是意外一样，在母亲也是意外，于是她偶发恶念，有心搞搞恶作剧？可要是这样，母亲的做法也太镇定稳当了。没有什么干着不寻常事情的特殊感觉。假使有某个人撞了进来，可能母亲也会泰然处之。母亲可能觉得，我只是个子长大了，却仍与十三四岁时一样。在我而言，母亲的心理是一个谜，而我自己的所作所为，明显越出了常轨。忽如其来地从正面看见母亲乳房的瞬间，立即唤起我怀恋的梦中世界，过去的种种回忆控制了我，就在这时母亲鼓动我要我喝杯中的奶水，乃至我不自觉地干出了那样的疯狂举动。我对自己身上潜伏着如此疯狂的心思感到太不可思议，羞得无地自容，一个人在水池边徘徊不止。然而，我一方面对今天的过失悔恨、自责，一方面又感到自己希望再试一次……不，再试个两次、三次。至少，如果我遇到和今天相同的情境，而母亲也说了鼓动的话，我没有拒绝的勇气。

　　发生过那件事之后，我尽量不到合欢亭那边去，而母亲可能也有点内疚吧，从那以后似乎又使用茶室了。前些时候占据我大部分心思的念头，即为了闯入收养阿武的人家而前往芹生的念头，不知为何，自从有过和母亲的那件事之后，变得不那么强烈了。我觉得更重要的是首先弄清父母要那样处置阿武的理由。究竟那是出自父亲的主意，还是母亲的主意呢？姑且可以推论的是，现在的母亲出于对以前母亲的礼让，不把自己生的孩子放在家里？而这么一来，父亲也赞成她的用心？一定是父亲仍保有对前妻强烈的思慕之情，认为在她的骨肉——我之外再生养儿女，会对不起已故的人，而现在的母亲则支持他的想法，放弃了自己的孩子？对现在的母亲而言，尽管这样表现了对父亲献身式的爱情，她本身也觉得我比她自己的孩子更可爱吧。除此之外，我无从着想。可如果是这样，事前告诉我也无妨，为什么要弄得如此神秘，连去向也要隐瞒呢？

前面提过，父亲近来似乎健康欠佳，我觉得或许跟此事有关系。父亲自去年年底以来气色很差，明显地消瘦下来。虽然没有咳嗽和痰，但有点低烧，像是胸部的毛病。父亲平时的医生是弄町今出川一个叫加藤的人，开始父亲没有叫他上门诊治，只说"我去散散步"，时不时就悄悄搭电车去看病，我也是到了今年才发现这个内情。

"爸爸，哪里不舒服吗？"我问道。

"没有，没什么。"父亲总是含含糊糊地说。

"你不是取了加藤医院的药么？"

"没什么大问题，排泄有点问题而已。"

"那么是类似膀胱炎那样吗？"

"唔，看来是那个事。"

父亲患尿频症慢慢谁都能看出来了。用不着特别留意，就知道他经常上厕所。气色也越来越差，完全没有食欲。梅雨过去，进入三伏天之后，父亲白天大多和衣而睡，日落之后即使来池边搭台上吃饭，也似乎是要在母亲和我跟前勉力强撑，精神很差。

"父亲自称是患膀胱炎，真的只是那个问题吗？"

我对父亲不说清病的名称、连看医生也保密这一点抱有疑问，便悄悄上加藤医院找院长问。

"膀胱炎有倒是也有，这么说来，你没有从父亲那里听说其他的?"

从我小时候起就很熟的加藤先生略感意外的样子。

"你知道，我父亲任何事情都不爱声张，是保密主义，所以有关他自己的病情，他极少向我透露。"

"那就不好办了，"加藤先生说，"其实我没有把你父亲的实际病情向他本人无保留地说出来，但大致情况已暗示过，使他有所了解。所以，你父亲也好、母亲也好，应该有一定心理准备了。至于为何瞒着你，我也不明白。可能不想让你这么早就产生不必要的难过吧。不过，我也有我的立场：你明明已经这么担心了，还对你保密，是不是不大妥当。你一家与我的交往并非自昨日或今日开始，而是和上一辈的人就有联系，所以我自行决定将实情告诉你，我觉得也没什么不合适的。"他又说，"这样说你可能已经意识到了，非常遗憾，你父亲的情况不妙。"他将以下情况告诉了我。

父亲注意到自己的健康状况有异，第一次到加藤先生处求医，是在去年秋天。父亲说了尿血、小便后有不适感、下腹部有重压感、经常低烧等症状。当时加藤先生便通过触诊确定左右肾脏肿胀。还证实尿里面有结核菌。这种情况是很麻烦的，因为加藤先生不是这方面的专家，他便推荐父亲到大学的泌尿科去接受检查，拍摄 X 光片。父亲似乎心情不好，懒得动身，迟迟没有去接受检查，在加藤先生再三劝说，并给泌尿科的友人写了介绍信交到父亲手上之后，父亲才去走了一趟。隔了一天，加藤先生得以从那位友人处了解检查的结果，正如加藤先生私下担心的那样，膀胱镜检查的情况和 X 光片显示的情况都证明，父亲患了肾脏结核，且出现了致命的症状。之所以这样说，是因为如果某一侧的肾脏犯了病，将其摘取即有望得救。尽管术后不好会有三四成死亡。更何况父亲左右两边肾都坏了，无从着手。现在看上去病得还不太重，还能外出，但不用多久就要卧床，再长不过活个一二年。加藤先生当时曾绕着弯子警告父亲："这种病绝不可掉以轻心，今后我每周上门一二次，你要尽量在家里静养为好。"他们之间还曾有过以下的对话：

"而且，现在要请你特别注意的是，这期间夫妻间的接触要慎重。现在还不会通过空气传染，其他家人可不必担心，但夫人就要当心了。"

"这么说，还是类似结核的问题吧。"

"是的，不过不是肺结核。"

"那么，是哪里的结核呢？"

"结核菌侵害了肾脏。不过，因为人有两个肾，所以即使一边肾受到侵害，也不用惊慌。"

当时，加藤先生好不容易应付过去了，父亲点点头说：

"明白了，你的忠告我会完全照办。不过，在我还能动的时候散散步，心情会好一些，所以还是我过来吧。"

之后，父亲仍旧自己来看病，他似乎不大喜欢医生上门出诊。来时多是独自来，偶尔有母亲陪伴。加藤先生认为有必要将父亲的病情原原本本告诉母亲，但苦于没有机会。有一天，父亲突然说出这样一句话：

"医生，我还能有多少日子？"

"为什么这样说？"

听加藤先生这么反问他，父亲微微一笑道："任由你瞒着我也不错，但我一开始就有这种预感。"

"为什么？"

"我也不知道为什么。可能是动物式的直觉吧。不知为何就有这种感觉。来吧，医生，我这个人明事理，请将真实情况告诉我吧。"

了解父亲性格的加藤先生按父亲说的办了。因为父亲从前就是个直觉敏锐的人，可能早就预知了自己的命运。从加藤先生和大学医生们对父亲说话及处理的情形来看，父亲也不可能不察觉到自己病情的性质。加藤先生认为，反正或迟或早，这件事都要对父亲自己或某一位家庭成员交待，既然父亲有这样的心理准备，现在挑明了也无妨。于是，他也就不反对父亲的话，答复时婉转地肯定了这种情形。

以上是加藤先生告诉我的详情，他后来还向父亲补充说，因为这种病多数最后要侵害肺部，所以不仅夫人，其他各位也要注意为好。

好了，从现在起，我必须说出我有点难以启齿的事情。

我暂且给这篇故事取了"梦之浮桥"的题目，很外行地以写小说的样子一直写下来，但上面所记述的全都是在我家庭内发生的真事，没有加入一点虚假的东西。如果别人问我为什么想要写这个东西，我也答不上来。我并不是因为想让别人读它才写的。这个故事至少在我活着的时候，是不打算给任何人读的，但如果我死后有某个人翻阅，那也不坏，没有任何人读过就烟消云散也没有遗憾。我只对写作本身有兴趣，一件一件回顾过去发生的事情，娱乐我自己而已。只是这里记述的一切都是真实的，没有掺入丝毫的虚假或歪曲，尽管这样说，真实也是有限度的，"不能写得更深了"的底线是存在的。所以，我绝不写虚假的东西，但也不会写出所有真实的东西。考虑到为了父亲、为了母亲、为了我自己——这种种顾虑，可能就不会涉笔其中某一部分了。如果有人说：不说出真实的一切，就等于讲假话。那只是他的解释，本人不反对。

加藤先生就父亲的身体状况向我道出实情的一番话，使我无休止地描绘出各种各样的、或可称为怪异的妄想。假设父亲是在去年秋天察觉到自己不幸的命运，那时父亲的年龄是四十四岁，母亲的年龄是三十一岁，我的年龄是十九岁。母亲虽已三十一岁，但看上去显得年轻，只有二十六七的样子，和我之间只觉得是一对姐弟。我忽然记起去年乳母告假时，我们在纠之森的参道上漫步，她向我透露现在的母亲入门前的事。当时乳母说过"此事要对老爷保密"，会不会是父亲特地要乳母说出来的呢？父亲是有理由考虑过将我心目中生母和继母的联系就此切断为妙的吧。我又想起了前不久在合欢亭发生的事情。尽管当时觉得事出偶然，但会不会是父亲事前计划好，让那种事情得以"偶然"地发生呢？至少母亲不大可能瞒着父亲开这样的玩笑。其实我自那事以后有一阵子没有接近合欢亭，但过了约半个月，又曾有一两次去吃母亲的奶。有在父亲不在家的时候，也有在父亲在家的时候，无论如何，父亲不可能不知道母亲的这些举动，母亲也不会对父亲隐瞒。父亲顾虑到自己身后的事，告诫母亲要进一步拉近与我的距离，在父亲死后将我视同父亲，而母亲也对此没有异议吧。我不能往下说了。还有，将阿武遣往芹生的事，这样一想也能理解了。我对父亲和母亲作了不着边际的推测，而这件事父亲临终之际终会说出来的吧。

母亲何时清楚地知道父亲时日无多的呢？父亲觉察到自己的情况，便同时告知了母亲么？这一点我无从得知。然而，那次在合欢亭，母亲用了"以前的母亲"的说法，似乎是不经意，其实我感觉她是故意用的。不，在五月生下阿武之前，母亲一定从父亲那里知道了父亲的命运。于是夫妇间在想清楚今后长远情况的基础上，在无须明说的默契之下，将阿武送到乡下去的吧？唯一令人费解的是，关于数月后将要永别父亲的事，母亲在我面前并不怎么显得忧伤。按母亲的性格，是喜怒不形于色的，她是以她圆润的脸蛋来包裹住心中的哀伤么？抑或为了不让我看见她手足无措的样子而硬撑着呢？无论何时都能见到母亲晶莹透彻的眼睛。母亲的心情似乎有点说不清，就像发呆似的，或许有意外的复杂之处，是我至今不明白的。在父亲临终时刻到来之前，母亲竟没有给我一次和她谈及父亲的死的机会。

进入八月之后，父亲连勉强起身的精神也没有，完全卧床。那时他已经全身浮肿。加藤医生或每日或隔日必来。病人的衰弱日见严重，连起身进食的欲望也没有了，母亲片刻不离左右。加藤先生曾建议请个护士，但母亲说"我来干"，不让他人碰。这似乎也是父亲的心愿。一日三餐的照料——虽然只吃一口两口而已，母亲还是想了好多法子，弄来父亲喜欢的香鱼寿司和海鳗寿司给他吃。随着尿频变得严重，几乎要不停地放入尿壶。正值暑热之时，每逢病人诉说褥疮之苦，也必须加以料理。有时还要稀释酒精擦拭全身。这些事情母亲都毫不迟疑地一一亲力亲为。病人对母亲之外的人来动手都有不满，对母亲做的则没有啰唆过一句。还听不得任何微小的声音，一听便动肝火，连庭院里添水的声音也嫌吵闹，让人把它停掉。虽然他除了有事外，一句话不说，但只回答母亲的话。偶尔有亲戚或熟人来探视，也不想见。母亲没日没夜地操心，实在累得不行了，就由来帮忙的我的乳母接手。我见识了母亲如此坚韧耐劳的一面，大为惊讶。

母亲和我被叫到父亲床前，是在九月的下旬，前一天下过一场少见的暴雨，当地人所称的"濑见小川"泛滥，倒流入水池，这一天池水浑浊如泥汤。仰卧的父亲吩咐母亲和我将他的身体扶起成侧卧，摆成看得清我们脸孔的姿势。

"纠儿，你过来，妈妈就在那边听吧。"他招手让我向前。

"我时日无多了。这是命，没有法子的。去了那个世界，有前面的妈妈在等我，想到可以久别重逢，我很高兴。与我相比，这位妈妈太可怜了。这位妈妈前面还有好长好长的路，要是我不在了，除了你之外，没有一个人可以依靠。所以，这位妈妈，只有这一位妈妈，我要郑重托付给你。大家都说你长得很像我，我也这么认为。你越长大，就会越像我。只要你在，你妈妈会觉得跟我在是一样的。你能够把让母亲这样想当做你生活中唯一的生活意义，其他什么幸福也不再需要——你可以这样想吗？"

父亲的眼睛盯着我，似乎不住地要从我的眼中探寻什么似的。我和父亲从没有如此接近地四目相对、深深地直视过对方。我不觉得自己已经充分理解他那种眼神的意义，但我还是跟他点了头，父亲如释重负地叹一口气。然后有好几分钟闭口不言，慢慢调整好呼吸之后才接着往下说。

"为了让妈妈幸福，你得娶亲结婚。这结婚不是为你结的，必须是为了夫妇一起侍奉母亲而结的。梶川的女儿、那个叫阿泽的姑娘，我考虑她还合适。"父亲这样说道。

这个梶川就是出入我家的花匠，名叫植辰的人。祖父时给五位庵造园的是植总，梶川的上一代是植总的弟子，在师父植总死后继承了这座园子的工作。我和户主梶川很熟悉。据说祖父时代，花匠是每天来的，到了父亲这一代，每个月还要来几次，所以和植辰这老头很熟。因为他的女儿泽子从读女子学校时起，每年葵祭时都来玩，所以并不陌生。她身体修长、肤色白皙，长一张浮世绘似的瓜子脸，可能有人觉得那种脸型漂亮。尤其是她从女子学校毕业之后，平时浓妆艳抹，更加引人注目。我觉得她肤色本身这么白，不必涂得那么浓艳。前年她路过来了我家，说是到加茂的堤上看盂兰盆节的大文字①后正赶回家。她说出了一身汗，便去洗澡，当时我和刚出浴的她打了个照面，发现她脸颊上有几粒雀斑，心里想，原来她化浓妆就是为此。之后我很久没有遇到这位姑娘了，但前些日子，即十天前，我见他们父女来探病，就有点儿感觉了。之所以这样说，是因为一般不见客的父亲让这对父女到病房去谈了二三十分钟，我就感到会有事的，所以父亲今天的话我并不完全感到意外。

"那姑娘的情况你也大概知道的吧。"父亲给我简略说明了泽子的经历和性情，我因为以前也有听闻，父亲的说明并无新意。诸如她和我同年，明治三十九年生，二十岁；三年前从府立第二女子学校毕业，是成绩优秀的才女；毕业之后又努力进修了多门技艺，掌

---

① 每年八月在环绕京都盆地的群山的半山腰上，用篝火描绘出巨大文字的活动。

握了各种各样的技能，比起她花匠女儿的身份出色太多了；其实她足以嫁入豪门的，可惜由于是明治三十九年的丙午出生①，至今没有合缘的，等等。这些我老早就知道了，父亲让我娶她。然后父亲又说，对方本人和亲戚对这项提议也有欣然应允之意，只要你一点头就成。不过到这一步，我还要你答应一个条件：无他，因为你妈妈为了你，将自己生的孩子寄养到别处了，如果你生了孩子，也不可放在家里抚养。这事不必让新娘和她的亲戚们现在就知晓，你记在心里，到必要时再说。结婚是越早越好，所以一周年忌之后马上举行婚礼，现在还没有想到合适的媒人，这件事你们和梶川商量决定就可以了。

如此长篇大论的父亲，看我表示应允，一下放下心来的样子，闭目长叹一声。母亲和我将父亲的身体摆成仰卧的姿势。

父亲自翌日起停止排尿，呈现出尿毒症的症状。完全不能进食，意识也模糊了，时不时说些不明所以的谵语。变成这样之后仅三天，活到了十月初，我们几经辛苦从谵语中听出的是呼唤母亲的名字"茅渟"，父亲还断断续续地说：

"梦中的……梦中的……"

或者说：

"……浮桥……浮桥……"

那是我听见的父亲最后的话。

八月从乡下出来帮忙看护父亲的乳母，在十月上旬、初七日的法事完成之后便回去了。做第三十五日、第四十九日的法事期间，

---

① 民俗认为丙午年生的女人克夫。

父母双方的亲戚都来了，倒也是个很少有的、人们聚齐的机会，但来人也是逐渐减少，到百日时，只来了两三人。第二年春天，我从三高进入大学的法科。不爱串门的父亲去世之后，一如往昔门庭冷落的五位庵来访者更见稀少，只有梶川父女大约一周来一次。母亲终日关在家里，在佛前祈祷亡人的冥福，无聊时便取出那把死者生前喜爱的琴来弹奏。因为太寂寞了，母亲想要恢复中断的添水的水声，便对梶川说了，让他砍了青竹送来。又能听到那个"啪咚啪咚"的令人怀念的声音了。去年父亲卧病时，母亲也没有露出因护理而疲惫不堪的样子，即使在病危临终及紧接下来的一次次的法事之间，母亲也总是毫无懈怠地接待各方人士，脸庞一如往日圆润丰满。但到了这阵子，她疲态渐显，常常让女佣来揉肩和腰腿。有时泽子来了，她会说"太太，让我来吧"，帮母亲搓揉一番。

合欢花初绽的一天，我知道母亲和泽子在合欢亭，便走了过去，见母亲在平时常坐的位子上铺了两块皮坐垫，和衣躺在上面，泽子起劲地揉她的手腕。

"泽子精通按摩呀。"

我这么一说，母亲就接上话说："真的高明哩。专职的按摩师也比不上她。这样一揉我就昏昏欲睡了，什么话也懒得说了。"

"手法的确高明，泽子，你去学过按摩吗？"

"学习倒是没去过，但几乎每天都给父母按摩肩膀。"

"是这样啊，这样干下去连行家也敌不过你。纠儿，你要不也来试试。"

"按摩什么的我就不必了。倒不如我拜泽子为师，不知肯不肯教我捏揉的方法？"

“学了又怎样？”

“学了就给母亲按摩，这点儿事我倒不至于干不来。”

“你的粗手来揉的话，岂不痛死人了。”

“我虽然是个男人，可手柔软着哩。哎，泽子，你来摸摸看。”

“嗯、嗯。”泽子捏捏我的手指，摸摸掌心，说道：“真是纤纤素手哩，没问题了，用它来干可以。”

“我虽然是男生，却不大运动。”

“只要关键地方掌握住了，马上就能按得很好。”

之后我和泽子便将母亲的肩、背当作实习台，练习了好一会儿按摩疗法。母亲不时被搔得发痒，“哎哎”叫喊。

到了七月，在水面搭台，母亲和我、泽子三人一起纳晚凉。我代替父亲到添水的落水口去浸啤酒。母亲也是能喝的，我一劝酒，她便喝了两三杯，泽子则说“抱歉不会”，专事斟酒。母亲把腿浸在水里，说道：

“泽子，你也来试试嘛，凉快极啦，真舒服哩。”

泽子身着平罗质地的和服单衣，上系献上带①，她没有打算松开严实地穿着白袜子的脚，只说道：“太太的腿太美啦，我这双粗腿怎么敢在一旁丢人呀。”

从我看来，泽子有点太拘谨了。面对将来要成为自己婆婆的人，不妨来些实话实说，她则有点太过努力地去讨母亲的欢心了，言谈中有不少奉承之辞。即使对我的态度，作为一个女子学校毕

①福冈博多腰带中的一种。因其质量上乘，江户时代由筑前藩主献给江户幕府而得名“献上”。

80

业的人也嫌太落后、封建了，也许结婚之后会改变的，而现在则处处表现出不忘主从关系的样子。不过，她这一点正是父亲看中的，可能因为母亲是个开朗的人，相对照之下就有了这种感觉，但是，在母子二人的家庭里即便加入一个年轻姑娘，总还感觉有点欠缺。

合欢亭的合欢和石榴的花儿谢了之后一两个月，到了百日红初绽、八角结实之际，我总算掌握了按摩的技术。我时不时会说"妈妈，我给你按摩一下吧"，约母亲到合欢亭。

母亲也总是答应："哎呀，那就有劳你啦。"

泽子不在时不必说了，即使泽子在旁时，我也说："让我来，你看着好了。"我自己动手来揉，让泽子待在一边。我无法忘怀过去母亲让吸奶水的事，隔着衣服给母亲的肉体按摩是我现在唯一的乐趣。平时束发的泽子，近来时不时结成高岛田式发髻，她浮世绘式的脸型和那发型挺相配。她似乎是因为已临近我父亲的周年忌，专为那时做准备的。而母亲为那天就预备了织锦缎的古代紫配底摆葵花纹的长款和服礼服，上系秋草图案的厚织宽幅筒状带子。

周年忌的法事在百万遍寺①举行，寺院的大厨房为参加者准备了午膳，但母亲和我都留意到亲戚中有人对我们不加掩饰的冷淡疏远，还有人上完香，饭也不吃便离去。亲戚们自我已故的父亲迎娶做过舞妓的人为第二任妻子时，就对我们一家抱有奇怪的反感和轻视。再加上这次我和梶川姑娘订婚，不是说没有预料到会招惹出更

①京都知恩寺的别称。

多议论，但没有想到的是他们会表现得这般冷酷。母亲以其擅长的超然姿态挺过去，但对于特地着衣摆上有花色的和服①而来的泽子，从旁观者角度也觉得有点可怜，她泄气地说：

"妈妈，看这样子，我婚礼那天的情形就可想而知了，那些人会来吗？"

"这种事不必太在意，你不是为了那些人才举行婚礼的，我们三人过得好不就行了么？"

母亲一副满不在乎的样子，但我大约知道了，亲戚们的反感比我想象中的情形还要根深蒂固。

长浜的乳母也参加了法事，在两三日后要回乡下的那天早上，她又约我到树林中散步："少爷，到那边走走好吗？"

"乳娘，你有话对我说么？"

"对。"

"那我大概也能知道，是祝福我的话吧。"

"不止哩。"

"还有什么事？"

"这个么……少爷，你可不要发火。"

"我不发火。说说看吧。"

"我觉得与其你从别处打听得来，还不如我来告诉你好一些。"

于是，乳母便吞吞吐吐地告诉我以下的情况。我的亲戚们反对这桩婚事是毫无疑问的，他们诋毁我们的理由，并不限于这件事。他们非难的矛头，早于我和梶川的婚事，直指我们母子。说白了，

---

① 在和服中被视为"第一礼服"。

他们相信母亲和我之间有乱伦的关系。按他们的说法，那种关系在父亲生前便已存在，似乎自从父亲明白自己将一病不起，便对此睁一只眼，闭一只眼，甚至可能持纵容的态度。更有甚者，说避人耳目送往丹波乡下寄养的、叫阿武的孩子不知是谁的，很可能不是父亲的孩子而是我的孩子。近来绝少上门的这些人，究竟从什么人处听到了什么传言才发挥如此想象的呢？我实在不得其解。据乳母说，这一带较早前便都传开了，母亲和我单独两人待在合欢亭之类的事，周围亦无人不知，所以传出这种流言也是意料中的事。父亲生前之所以定下和泽子的婚事，是因为他明知若非梶川家的丙午年生女儿，没有人愿嫁我的。而更不像话的是，今后为了将乱伦的关系继续下去，要我形式上娶个老婆，以便遮人耳目，梶川老头明知故犯，让女儿嫁入这个家，那姑娘也是秉承父亲旨意出嫁的，目标无疑是这家人的财产。所以，亲戚们以为，这里面第一个荒谬绝伦的，是我已故的父亲，其次是母亲，再次是我，接下来是梶川老头，然后是他女儿，按次序就是这样。

"少爷，要当心呀。所谓众口难防，人们说起别人的事，总是见风就是雨。"

乳母说完，微妙地斜着眼望了我一下。

"都是些信口开河的谣言，你忘掉它好了，他们爱怎么说随便。"我这样答复道，分手时又说："对了，下个月的婚礼你能来参加吧。"

之后的事情我没有什么兴趣一一记下来，只摘重要的事情说说吧。

和泽子的婚礼，就在那一年的十一月挑了个吉日举行。作为新郎的我的服装，特别照母亲的吩咐，不用男式日间礼服，而是用父亲的遗物、带家徽的五三桐纹和服。几乎没有亲戚到场，连母亲那边的人也没有来。来宾只有跟梶川一家有情分的人。答应做媒人角色的是医生加藤夫妇。加藤先生有多年练习观世流①的嗓子，此时他为我唱出一段高砂②，其朗朗妙音听来如立云端。

泽子对母亲和我的态度，与结婚前没有多少变化。新婚的我们自奈良走伊势路旅行了三四日，我在任何情况下都留意不要有了孩子，一次也不曾怠慢。从表面上看，母亲和新婚夫妇之间的关系那真是相当和谐美满。父亲去世之后，母亲仍住在大客厅的勾栏房间，我睡在六铺席的饭厅。自泽子入门之后，我们新婚夫妇仍睡在六铺席的房间，母亲就睡在十二铺席的房间。尽管我已娶妻，但因为我户籍还在大学、尚未继承家业，母亲也好、我们也好，都认为应当这样做。也就是说，家计及其他诸事都由母亲一手定夺。

提起母亲那阵子的日常生活，可谓羡煞旁人。她活得休闲自在、无忧无虑，闲时练练近卫流的字，翻翻国文学书籍，弹弹琴，在院子里散散步。累了的话，有我们不分昼夜为之按摩搓揉。白天在合欢亭，晚上在寝室，但晚上没喊过我，总是泽子。偶尔三人也外出看戏或者登山，母亲在花销上很细心，很小的花费也留意到了，还告诫我们要尽量省去不必要的费用。因为对泽子的监督尤其严格，泽子对由她经手的厨房账目相当费心思。母亲的气色越来越好，下巴都要成双了，胖到再发展下去便难看了的程度，这证明与

_____

① 日本能乐的一个流派。
② 一种喜庆时歌唱的能乐曲名。

父亲生前相比，操心的事情都没有了。

这个样子前后过了三年，在我大学三年级那年的初夏，六月下旬的一个晚上十一时许，刚入睡的我被泽子猛地摇醒过来。

"妈妈出大事了，快起来吧!"泽子说着，急急将我拉到母亲的寝室。

"妈妈，你怎么啦!?"

母亲没有任何回答，她俯卧着，双手痛苦地揪着枕头，发出微弱的呻吟声。

"你看，是它干的吧?"

泽子说着，拿开母亲枕边的团扇让我看。团扇下是一条大蜈蚣，已被压死了。一问情况，说是当晚泽子在十时之后依母亲吩咐正在用心治疗，从肩到腰揉过之后，正揉着右边脚踝时，一直安稳地发出鼻息的母亲，突然难受地喊叫一声，脚趾尖痉挛起来。泽子吃了一惊，抬头去看仰卧着的母亲的脸孔时，见一条蜈蚣正趴在母亲胸口接近心脏的地方，大吃一惊的她连害怕也忘记了，用手上的团扇一拨，正好就落在榻榻米上，就隔着团扇用力将它压死了。

"我要是注意点就好了……光是顾着揉腿脚，谁知……"泽子脸色苍白。

加藤医生马上赶来做了应急处理，虽然连续注射了药物，母亲的难受却越发严重起来。血色、呼吸、脉搏等的状况显示比我们最初想的要严重得多。加藤先生所有办法都用上了，到黎明时分，母亲垂危，不久便去世了。"只能认为是心脏休克而死，其他无从考虑。"加藤医生说道。

"是我不好，是我不好!"泽子失声痛哭。

我至今仍无法一一写出我那一刻的惊愕、悲叹、失望、沮丧等等各种感情。我又觉得，胡乱地怀疑他人，结果只是自取其辱，但脑海里仍不时涌现两三个疑问，让我不知如何是好。

五位庵的建筑物，自祖父建成时起，已历经四十年的岁月，作为这个类型的纯日本式房屋，有了恰到好处的情趣和年头，正是发挥其成熟美的最好时候。祖父初建成时，木材太新，这时味道出不来，如果比现在要旧的话，又可能会渐失其现在的光泽。五位庵中唯一特别旧的建筑物，是祖父从别处引进的茶室，我前面已提过，在我小时候那茶室里有不少蜈蚣。不过，之后随着房子变旧，主屋也好、合欢亭也好，也开始不时出现蜈蚣。所以，出现在母亲住的勾栏的房间亦不足为怪。照理母亲不止一次在那房间里见过蜈蚣走动，而经常给她治疗的泽子也一样。那么说，那天晚上看见蜈蚣完全是偶然的事？谁事前心里都可能想：下次蜈蚣从那里爬出来的话，我将如何如何。假如没有人想到被蜈蚣咬会送命，那就只是一时的恶作剧；但若算上计划袭击的人心脏是有毛病的，也会有试它一试的念头。即使不巧失败，也不会留有抓蜈蚣来丢在那里的证据。

因为那里出现了蜈蚣，就认为是谁把它放在那的念头，可能属于恶意推测。母亲是个非常容易入睡的人，而不是个睡眠浅的人。无论是我按摩也好、泽子按摩也好，她马上就怡然入梦。母亲不喜欢用力地按揉，喜欢轻轻地、不打破睡眠地轻捏细揉。因此，若有人在她的皮肤上放一件细小物品，她也不会马上就醒过来。我赶来时，母亲正趴着，很难受的样子，但泽子说之前她是仰卧的。不过，有一点我不能理解的是：正在按摩足踝的泽子吃惊地望向母亲脸部的那一瞬间，她说看见了母亲心脏附近爬着的蜈蚣。当时母亲并没有袒露胸部，是穿着睡衣的，所以，说是很偶然地看见了睡衣内爬着的蜈蚣，令人奇怪。不妨认为，泽子知道那里有那条虫子。

我再重复一次：这只是我个人的空想，如果充分发挥想象，这样的假设也能成立。只不过这个空想在我的内心盘踞了太长时间，现在才首次将它付诸笔墨。如前面曾经提及的，这些记述在我生前绝不向人透露。

之后又过了三年。

我前年从大学毕业之后，就到父亲曾任董事的银行当了个雇员，其后因另有考虑，在去年春天和妻子分了手。当时妻子的娘家方面提出种种烦琐的条件，结果不得不按对方的说法接受下来，事情经过也没有多大意思，我也没有兴趣记在这里。我决定离婚的同时，也把留有太多快乐的回忆和悲伤的回忆的五位庵转售他人，在鹿谷的法然院旁购置了一所简陋的房子。然后硬是把阿武从黑田村的芹生带回来一起生活——尽管他本人不愿意，乡下的养父母也不愿意他离开。我又去请求正在长浜乡下安度余生的、今年六十五岁的乳母，无论如何帮我把阿武带到十岁左右，好在腰不弯、带大了孙子的她说"既然是这样，就让我再跟一次小少爷吧"，立即动身出来了。阿武今年七岁，当时对我和乳母都很陌生，现在懂事多了，感情也深多了。阿武明年就读小学一年级。对我来说，比什么都要高兴的，是阿武的面孔长得和母亲一模一样。不仅如此，看来这孩子还继承了母亲那种开朗大方的性格。我无意再娶妻，往后只愿和作为母亲骨肉的阿武一起长久生活。我自小生母弃世，年岁稍长连父亲和继母也撒手西去，置我于孤寂之中，所以我要在阿武长大成人之前好好活着，但愿这个弟弟不再有这样的经历。

昭和六年六月二十七日（母亲忌日）

乙训纠　记述

（昭和三十四年十月号《中央公论》）

图书在版编目(CIP)数据

梦之浮桥/(日)谷崎润一郎著;林青华译.
—上海:上海译文出版社,2017.8(2023.5重印)
(谷崎润一郎作品系列)
ISBN 978-7-5327-7483-8

Ⅰ.①梦… Ⅱ.①谷… ②林… Ⅲ.①中篇小说—日本—现代
Ⅳ.①I313.45

中国版本图书馆 CIP 数据核字(2017)第 091122 号

谷崎潤一郎
夢の浮橋

梦之浮桥	[日] 谷崎润一郎 著	出版统筹 赵武平
夢の浮橋	林青华 译	责任编辑 刘 玮
		装帧设计 柴昊洲

上海译文出版社有限公司出版、发行
网址:www.yiwen.com.cn
201101 上海市闵行区号景路159弄B座
上海信老印刷厂印刷

开本890×1240 1/32 印张3 插页2 字数52,000
2017年8月第1版 2023年5月第3次印刷

ISBN 978-7-5327-7483-8/I·4568
定价:26.00元